내 안에 몬스터 있었다

내 안에 몬스터 있다 2

형상준 현대 판타지 장편소설

초판 1쇄 찍은 날 | 2016년 9월 23일
초판 1쇄 펴낸 날 | 2016년 9월 30일

지은이 | 형상준
펴낸이 | 예경원

기획 | (주)위시북스
편집책임 | 박우진
편집 | 이즈플러스

펴낸곳 | 예원북스
등록번호 | 제396-2012-000132호
등록일자 | 2012. 7. 25
KFN | 제1-029호

주소 | 경기도 고양시 일산동구 호수로 646-24 위너스21 II 빌딩 206A호 (우)10401
전화 | 031-819-9431 팩스 | 031-817-9432
E-mail | yewonbooks@naver.com

ISBN 979-11-5845-440-1 04810
979-11-5845-442-5 (set)

※ 이 도서의 국립중앙도서관 출판시도서목록(CIP)은 서지정보유통지원시스템 홈페이지(http://seoji.nl.go.kr)와 국가자료공동목록시스템(http://www.nl.go.kr/kolisnet)에서 이용하실 수 있습니다.

내 안에 몬스터 있다
2
형상준 현대 판타지 장편소설
WISHBOOKS MODERN FANTASY STORY
Wish Books

내 안에 몬스터 있다

CONTENTS

1장 점을 보러 가다	7
2장 오거 소환	37
3장 비구름 운송 작전	71
4장 와이번 출현	95
5장 습격	129
6장 신의 아이들	155
7장 집 나간 골렘, 돌아오다	181
8장 호철의 능력치	203
9장 두 번째 게이트	231
10장 칼 폰 루이스	261
11장 게이트 탐사 의뢰	297

1장
점을 보러 가다

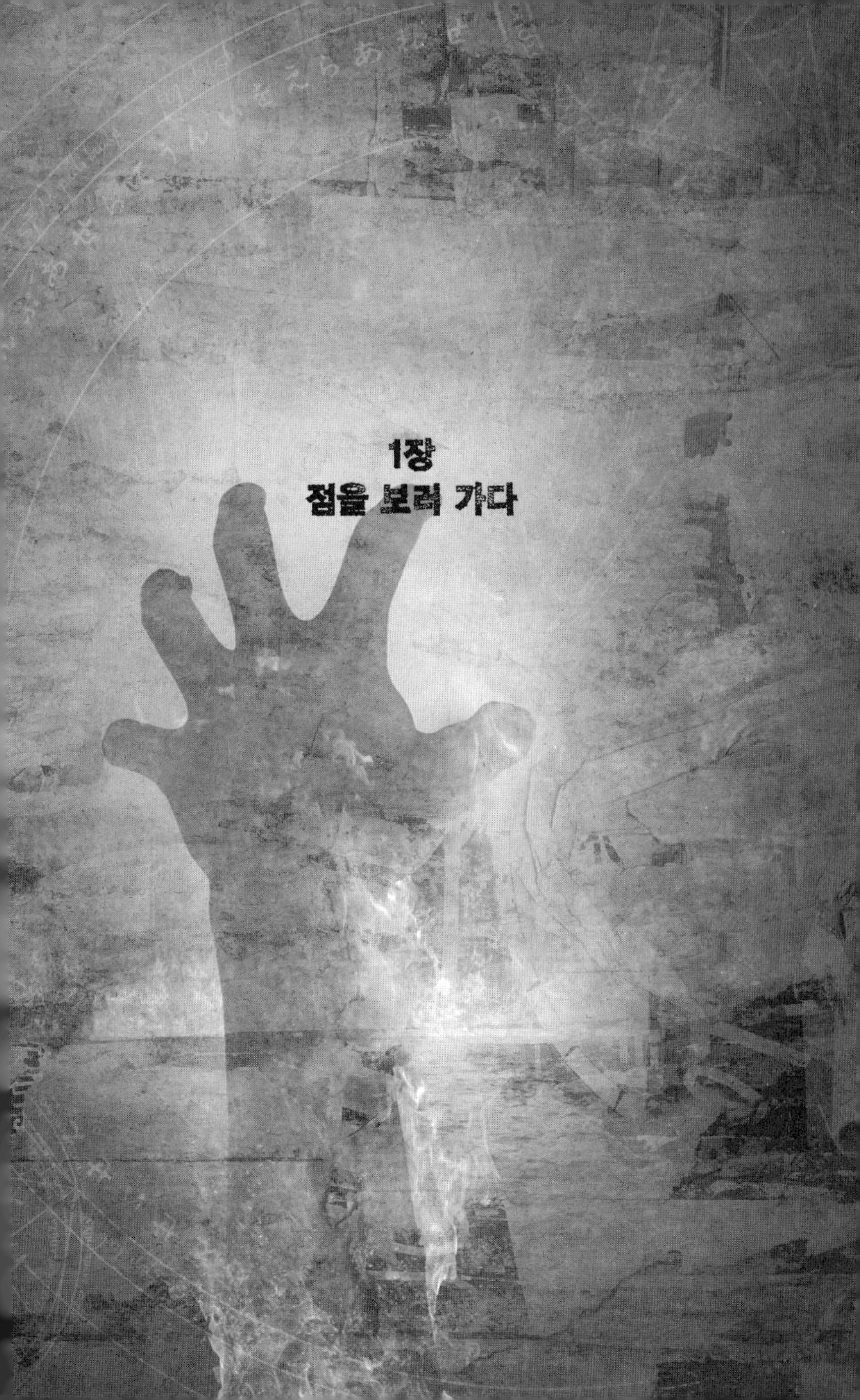

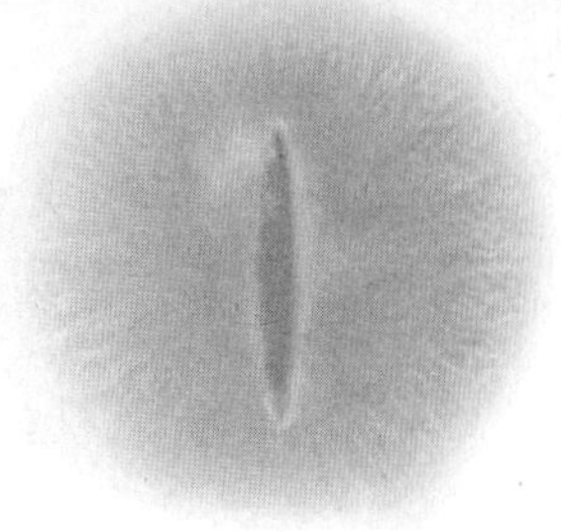

두두두!

자신들을 내려주고 떠나가는 헬기를 뒤로하고 박천수가 웃으며 마리아에게 다가왔다.

"오늘도 한탕하고 왔다!"

박천수의 말에 마리아가 웃으며 고개를 끄덕였다.

"수고들 하셨어요."

말과 함께 마리아가 시원한 커피가 담긴 쟁반을 들고 다가왔다. 쟁반에 놓인 커피 잔을 든 박천수가 단숨에 그것을 들이켰다.

"크아아악! 쓰다!"

박천수가 커피를 마시자 그 뒤로 다른 직원들도 커피를 단숨에 들이켜기 시작했다. 자신 앞에 놓인 새까만 커피가 담긴 유리 글라스를 보며 김호철이 그것을 들었다.

"마리아 특제 아이스커피야. 보통 커피보다 두 배는 더 쓰니 각오하고 마시는 것이 좋아."

박천수의 말에 김호철이 커피를 바라보았다.

"우유나 설탕 없이 마시는 겁니까?"

"무사히 돌아오는 것을 축하하는 마리아의 일종의 의식 같은 거니까. 그냥 쭈욱 들이켜."

"알겠습니다."

김호철이 커피를 입에 대고는 단숨에 들이켰다.

꿀꺽! 꿀꺽!

차갑고 쓰디쓴 커피를 그대로 목 안으로 넣은 김호철이 잔을 쟁반에 올려놓았다.

"다음에 살아 돌아오게 되면 이 쓴맛이 그리워질 거예요."

웃으며 쟁반을 옆에 있는 초아에게 준 마리아가 오현철을 바라보았다.

"이번 성과물 좀 볼까요?"

마리아의 말에 오현철이 가지고 온 마나석을 그녀에게 내밀었다. 마나석을 꺼내 분류를 한 마리아가 미소를 지었다.

"이번 수입은 상당이 좋네요."

마리아의 말에 박천수가 말했다.

"오거 마나석이 하나 더 있는데 그건 호철이 첫 게이트 기념으로 줬다."

박천수의 말에 마리아는 별다른 말을 하지 않고 그저 고개를 끄덕였다. 그리고 마나석 분류를 한 마리아가 그것들을 다시 가방에 넣었다.

"대충 육억에서 칠억 사이로 떨어지겠네요. 다들 계좌로 입금해 드리면 되고, 김호철 씨는 입금받을 계좌 번호 알려 주세요."

마리아의 말에 김호철이 자신의 계좌 번호를 말해주었다.

"혹시 B급 특정 몬스터 마나석을 구할 수 있겠습니까?"

"어떤 몬스터 거요?"

김호철이 자신이 소환했던 몬스터들의 이름을 말해주었다. 그 이름에 마리아가 몬스터들의 이름을 한 번 되새기고는 고개를 끄덕였다.

"골렘 마나석 빼고는 우리 사무소에 다 있는 거네요. 골렘 마나석도 전화 몇 통이면 구할 수 있을 거예요."

"제 수당으로 구할 수 있는 만큼 구해 주십시오."

"알겠어요."

말과 함께 돌아서던 마리아가 문득 김호철을 바라보았다.

"오거 마나석은 어떻게 따로 처분하실 거예요? 저 주시면 제가 처분해 드려도 되는데."

"이건 제가 쓸데가 있습니다."

김호철이 오거 마나석이 든 가방을 손으로 두들기며 고개를 저었다.

"우리가 가진 마나석은 초아 시켜서 방으로 옮겨드릴게요."

마리아의 말에 김호철은 그저 고개를 끄덕였다. 지금은 방에 가서 눕고 싶은 생각밖에 없었다.

자신의 방에 돌아온 김호철이 침대에 쓰러지듯 누웠다.

털썩!

그렇게 가만히 누워서 눈을 감고 있던 김호철이 뒷주머니에서 지갑을 꺼냈다. 지갑을 펼친 김호철이 안에서 사진 하나를 꺼냈다.

반으로 접혀진 사진을 잠시 보던 김호철이 자리에서 일어났다. 그러고는 문을 열고 밖으로 나온 김호철이 박천수의 방인 202호로 향했다.

똑똑!

"호철입니다."

"응? 들어와."

안에서 부르는 소리에 김호철이 방문을 열고 안으로 들어갔다. 박천수는 책상 위에서 담배를 말고 있었다.

입에 마스크를 쓴 채 조심스럽게 담배 종이에 마른 담뱃잎을 넣고 말고 있는 박천수의 모습에 김호철이 말했다.

"다시 올까요?"

"이미 왔는데 뭘 또다시 와. 잠깐만 있어. 말던 것만 마저 말고."

스스슥! 스슥!

담배 종이에 침을 묻혀 조심스럽게 만 박천수가 그것을 책상 위에 올려놓고는 김호철을 바라보았다.

"쉬지 않고 왜?"

박천수의 말에 김호철이 잠시 그를 보다가 입을 열었다.

"제가 찾아야 할 사람이 있습니다."

"찾아야 할 사람이라……."

잠시 김호철을 보던 박천수가 고개를 끄덕였다.

"찾아야 할 사람 사진은 있나?"

박천수의 말에 김호철이 고개를 끄덕이고는 지갑에서 사진을 꺼내 탁자에 놓았다.

사진에는 남자아이와 여자아이가 찍혀 있었다. 초등학생처럼 보이는 소년이 작은 소녀의 손을 잡고 있는 사진을 보던 박천수가 김호철을 바라보았다.

"남자애가 호철이 넌가 보지?"

"그렇습니다."

"그럼 찾는 애가 여기 여자아이?"

"동생입니다."

"흠……."

잠시 사진을 보던 박천수가 김호철을 바라보았다.

"돈을 벌려고 하는 이유가 동생 때문인가 보군."

"능력자 중에 사람 찾는 능력이 있는 사람은 없습니까?"

김호철의 물음에 박천수가 잠시 생각을 하다가 입을 열었다.

"능력이라는 것이 워낙 종류가 많으니…… 찾아보면 있겠지."

박천수가 핸드폰을 꺼내 사진을 찍었다.

찰칵!

"이름?"

"김혜원."

"나이는?"

"스무 살입니다."

"어떻게 헤어진 거야?"

"보육원에서 혜원이가 입양을 갔습니다."

"찾아봤을 것 아냐?"

"사람을 시켜 혜원이를 찾아봤는데…… 찾기 어려웠습니다."

"자료 같은 것이 남아 있을 텐데 그게 그리 어려웠나?"

"일을 부탁한 심부름센터에서 하는 말이 입양한 집에서 자신들에 대한 것을 알리지 말라고 했다 합니다. 입양을 간 아이 가족이 나중에 찾으러 올 것을 염려해서 그런 조치를 많이들 한다 하더군요."

김호철의 말에 고개를 끄덕인 박천수가 말했다.

"심부름센터라……. 그래서 자네가 돈을 벌려고 하는 건가?"

"제 하나뿐인 동생입니다."

"그 동생 잘 살고 있을 수도 있는데 자네가 찾아가면 혼란스럽지 않겠나? 혹시 자신이 입양된 사실을 기억하지 못할 수도 있는데."

"제 동생은 똑똑한 아이입니다. 시간이 많이 흘렀어도 저를 기억할 겁니다."

김호철의 말에 그를 보던 박천수가 핸드폰 화면을 터치하고는 전화를 하기 시작했다.

"대한, 나야. 그래, 혹시 사람 찾는 능력자 좀 알고 있어? 어, 어. 몰라? 알았다. 아! 혹시 그런 능력자 소식 들으면 나한테 전화 좀 줘."

그렇게 아는 다른 능력자들에게 전화를 몇 통 하던 박천수를 보던 김호철의 귀에 반가운 소리가 들렸다.

"어, 알아? 어떤 능력자인데? 점쟁이? 그거 사이비 아냐?

사이비 아니라 마나를 사용하는 능력자라고? 그래서…… 흠…… 그래……. 그럼 믿을 만하겠네. 어, 어."

박천수가 핸드폰 녹음 버튼을 눌렀다.

"주소 좀 불러줘."

그렇게 통화를 끝낸 박천수가 김호철을 바라보았다.

"강남에 점쟁이가 하나 있는데 사람 찾는 능력이 있다는군."

"강남? 주소를 알려주십시오."

"같이 가."

박천수가 책상 위에 올려놓은 담배들을 유리 케이스에 집어넣고는 일어났다. 그리고 앞장서서 걸어가는 박천수를 김호철이 급히 따랐다.

택시를 타고 강남에 도착한 박천수는 핸드폰에 입력한 주소를 따라 걸음을 옮겼다.

그들은 곧 한 빌딩 앞에 도착할 수 있었다.

"점쟁이가 돈을 많이 버는 모양이군. 이런 빌딩에 점집을 다 차린 것을 보니."

30층 정도로 보이는 빌딩을 올려다보던 박천수가 앞장서서 걸음을 옮기자 김호철이 그 뒤를 따라 들어갔다.

점집은 17층에 자리를 하고 있었다. 17층에서 내린 김호철은 바로 앞에 있는 카운터와 점집의 상호를 볼 수 있었다.

「만사(萬事)는 인사(人事)」

만사를 풀어드립니다. −이규대 천기선생

'이규대 천기선생…….'

은색 바탕에 검은 글씨로 쓰인 글은 보통 점집과 달리 현대적인 감각을 가지고 있었다.

"어서 오세요. 천기선생 이규대 사무실입니다."

카운터에 앉아 있는 검은 정장을 입은 귀엽게 생긴 아가씨의 인사에 박천수가 입을 열었다.

"박천수라고 내 친구가 예약을 해놨을 텐데."

"아! 채병열 씨가 예약을 하셨네요."

서류를 뒤적이던 아가씨가 말했다.

"지금 상담 중이시니 5번 방에서 잠시 기다려 주시겠어요?"

"5번 방?"

"복도를 따라 가시면 5번이라 쓰인 룸이 있습니다."

아가씨의 말에 고개를 끄덕인 박천수가 김호철을 데리고 5번 방으로 향했다.

5번 방에는 가죽 소파와 함께 간단한 쿠키가 놓여 있었다.

"이 소파 좋은데."

가죽 소파에 앉은 박천수가 웃으며 등을 기대자 김호철이 초조한 얼굴로 문을 바라보았다.

"강남이라 그런지 대기실도 좋네."

박천수가 쿠키를 입에 넣으며 방을 구경할 때 아가씨가 따뜻한 차를 가져왔다.

"필요한 것이 있으시면 탁자에 있는 벨을 눌러주세요."

"음식점 같네."

박천수의 농에 아가씨가 작게 웃고는 몸을 돌렸다.

차를 마시며 잠시 기다리자 문이 열리며 검은 슈트를 멋지게 입은 중년인이 안으로 들어왔다.

"천기선생 이규대입니다."

이규대는 인상이 아주 좋았다. 사람 상대하는 직업을 가지고 있다 보니 상대방을 편하게 하는 재주가 있다고 해야 하나.

어쨌든 보고 있는 것만으로도…….

"능력이 현혹인가?"

박천수의 말에 김호철이 그를 바라보았다. 그런 김호철의 시선을 받으며 박천수가 고개를 저었다.

"우리도 같은 능력자인데 괜히 되지 않는 힘은 쓰지 않았으면 좋겠군. 마음을 건드는 능력은 어쩐지 기분이 좋지 않아서 말이야."

"이런, 이런…… 제가 실례를 했군요. 방금 상담을 하고 와서 저도 모르게 능력을 그대로 쓰고 있었습니다."

고의로 그런 것이 아니라는 듯 웃으며 이규대가 눈을 잠시 감았다 떴다. 그러자 이때까지 이규대에게 느껴지던 편안함과 호의가 순식간에 사라졌다.

방금 전까지 믿음이 가던 이규대는 사라지고 낯선 사람 이규대가 앉아 있었다.

'능력?'

같은 사람인데도 전혀 다른 사람처럼 느껴지는 이규대의 모습에 김호철이 놀랄 때 박천수가 말했다.

"혹시 사람 찾는 재주도 그 현혹을 통해서 믿게 하는 것은 아니겠지?"

"현혹이라 말씀하니 조금 거북합니다. 그저 상대에게 제가 좋은 사람이라는 믿음을 조금 드리는 것일 뿐 현혹하는 수준까지는 아닙니다."

웃으며 말을 하는 이규대였지만 방금 전의 친밀함은 느껴지지 않았다.

"그럼 사람 찾는 재주는 있다는 말이군."

"재주라……. 후! 있지요. 그럼 어디 시작을 해보도록 하지요."

말과 함께 이규대가 자신의 명함을 내밀었다.

스윽!

명함을 받은 박천수가 그를 보자 이규대가 입을 열었다.

"선금 일억입니다."

"일억?"

"찾으면 성공 보수로 이억을 더 받습니다."

이규대의 말에 잠시 그를 보던 박천수가 말했다.

"실패하면?"

"선금은 돌려드리지 않습니다."

이규대의 말에 박천수가 웃었다.

"허! 점 한 번에 일억이라……. 너무 비싼 것 아닌가?"

"헌터분들은 더 많이 버시는 것으로 알고 있습니다. 저도 이렇게라도 먹고살아야 하지 않겠습니까."

웃으며 박천수를 보던 이규대가 김호철을 바라보았다.

"싫으시면 가셔도 됩니다."

이규대의 말에 김호철이 박천수를 바라보았다. 그 시선을 받은 박천수가 이규대를 보다가 고개를 끄덕였다.

"내 친구가 한 말에 의하면 강원도 산골에 숨어 있던 놈을 정확하게 지목했대. 능력은 있다고 봐야지."

박천수의 말에 김호철이 고개를 끄덕였다.

"하겠습니다."

"명함 뒤에 보시면 계좌가 있습니다. 입금하시면 바로 착수하겠습니다.”

이규대의 말에 박천수가 명함 뒤를 보고는 김호철에게 내밀었다.

“지금은 돈이 없습니다. 마나석 돈이 들어오면 갚겠습니다.”

“그렇게 해.”

박천수가 핸드폰을 꺼내 계좌 이체를 하고는 이규대를 바라보았다.

“확인해야지?”

“행복 사무소 박천수 팀장님 하면 유명하신 분인데 들어왔겠지요.”

이규대가 김호철을 바라보았다.

“자! 그럼 찾고자 하는 사람 머리카락이나 뭐 그런 것 있으십니까?”

“사진이 있습니다.”

김호철이 사진을 꺼내 내놓자 이규대가 사진을 집어 들었다.

“사진이라…….”

이규대가 김호철을 보며 말했다.

“찾고자 하는 분과 관계가?”

“제 동생입니다.”

“아! 그럼 좀 쉽겠군요.”

이규대가 김호철에게 손을 내밀었다.

"제 손 잡으시면 바로 시작하겠습니다."

이규대의 말에 김호철이 그 손을 가만히 보다가 손을 내밀었다.

"부탁드리겠습니다."

"노력하겠습니다."

김호철의 손을 가만히 잡은 이규대가 눈을 감았다.

화아아악!

순간 이규대의 몸에서 푸른 기운이 흘러나오기 시작했다.

이규대의 몸에서 흘러나오는 푸른 기운에 김호철이 긴장을 하며 그를 바라보았다.

잠시 김호철의 손을 잡고 있던 이규대가 입을 열었다.

"일본입니다."

"일본?"

"주위에 일본 글씨들과 성 같은 것이 보이는군요."

"제 동생은 안 보입니까?"

"기운을 따라가는……."

순간 이규대의 얼굴이 굳어졌다.

"웬 놈이냐!"

버럭 고함을 지르는 이규대의 모습에 김호철과 박천수가 놀라 그를 바라보았다.

"이놈! 내가 모시는 분이 누군 줄 알고 지금 내 앞을 막는 것이냐!"

눈을 감은 채 소리를 지르는 이규대의 모습에 김호철은 무슨 일인가 싶을 뿐이었다.

소리를 지르던 이규대의 얼굴이 일그러졌다. 그리고 이규대가 김호철의 손을 갑자기 뿌리쳤다.

파앗!

"후우!"

김호철의 손을 놓은 이규대가 자신의 이마에 흐르는 식은 땀을 닦았다. 그러고는 이규대가 김호철을 바라보았다.

"방해하는 사람이 있습니다."

"무슨 말입니까?"

"결계가 쳐져 있습니다. 일본이라는 것을 알겠는데 위치나 본인 확인은 되지 않습니다."

"결계? 대체 누가?"

김호철의 말에 이규대가 그를 보다가 박천수를 향해 고개를 돌렸다. 그 시선에 박천수가 고개를 끄덕이고는 김호철을 바라보았다.

"여기 점쟁이처럼 남의 집이나 사람을 추적할 수 있는 능력자들을 대비해 결계를 쳐 놓는 곳이 있다. 우리 사무소도 능력자들의 시선을 막을 수 있는 결계가 있지. 그리고 커다란 회사나 청와대, 국회에도 결계가 있다."

"그럼 볼 수 없다는 말입니까?"

김호철의 말에 박천수가 이규대를 힐끗 보고는 말했다.

"능력이 아주 대단하다면 볼 수 있겠지만…… 아무래도 지금은 튕겨져 나온 것 같으니 무리겠군."

박천수의 말에 이규대가 눈을 찡그렸다. 하지만 그것도 잠시 이규대가 고개를 끄덕였다.

"칠장로급 능력을 가진 사람이라면 모를까 결계가 쳐진 곳을 볼 수 있는 사람은 아무도 없을 것입니다. 그것도 바다 건너 일본이라면 더욱더."

자신의 능력이 부족해서가 아니라는 것을 말하는 이규대를 보며 박천수가 고개를 끄덕였다.

결계가 쳐진 곳을 보는 것은 어렵다. 그것이 결계를 치는 이유이기도 하고 말이다.

"일본의 어디인지도 모르는 것입니까?"

"내가 일본 지형을 모두 안다면 모르겠지만 성이라는 것 하나 아는 것으로는 그곳이 어디인지 알 재간이 없군요."

이규대의 말에 그를 보던 김호철이 입을 열었다.

"그래도 살아는 있는 것이군요."

"살아 있습니다. 그리고 이런 결계가 쳐진 곳에 살고 있고 성이 보였던 것을 보면 나름 잘 살고 있다 봐도 될 것 같습니다.”

이규대의 말에 김호철이 그를 보다가 말했다.

“더 알아볼 수는 없습니까?”

“결계가 펼쳐진 곳에만 계속 있지는 않을 것이니 삼사 일에 한 번씩 방금 한 것을 할 수는 있습니다.”

“해주십시오!”

김호철의 말에 이규대가 그를 보며 말했다.

“할 수는 있습니다. 하지만…… 한 번 할 때마다 일억입니다.”

이규대의 말에 김호철의 얼굴이 굳어졌다.

“방금 선수금을 드렸는데…….”

“그건 지금 한 일에 대한 금액입니다. 조건은 이렇습니다. 오셔서 저와 손을 잡을 때마다 일억, 위치를 확인하면 이억을 더 주셔야 합니다.”

이규대의 말에 박천수가 작게 혀를 찼다.

“이거 점쟁이가 아니라 날강도가 따로 없군.”

박천수의 말에 이규대가 웃으며 그를 바라보았다.

“헌터분들께서는 출장을 가는 것만으로 일억을 받지 않으십니까? 저 역시 능력을 사용할 때마다 받는 수당이라 생각을 해주십시오. 그리고…….”

이규대가 김호철을 바라보았다.

"돈으로 해결할 수 있는 일이 가장 쉬운 일입니다."

이규대의 말에 잠시 그를 보던 김호철이 고개를 끄덕였다.

"삼 일 후에 다시 오겠습니다."

김호철이 자리에서 일어나자 이규대가 그 뒤를 따라 일어나며 말했다.

"예약 잡아놓겠습니다."

이규대의 인사를 받으며 나온 박천수가 혀를 차며 건물을 올려다보았다.

"이거 순 날강도군."

"이규대의 말이 옳습니다."

"뭐가?"

"돈이 비싸기는 하지만…… 최소한 살아 있다는 것과 일본에 살고 있다는 것, 그리고 결계가 쳐진 곳에서 일을 하거나 살 정도로 잘 살고 있다는 것은 알았습니다. 일억이 아깝지 않습니다."

잠시 말을 멈춘 김호철이 건물을 힐끗 올려다보고는 말을 이었다.

"그리고…… 돈으로 해결할 수 있는 일이 가장 쉽다는 말이 마음에 드는군요. 동생을 찾을 수 있다면 돈은 상관없습니다. 동생 때문에 돈을 벌려고 하는 것이니."

"뭐, 네 돈으로 하는 거니까. 상관은 없겠지."

그러고는 박천수가 시계를 바라보았다.

"흠…… 난 잠시 어디 가 볼 곳이 있으니까. 너 먼저 들어가."

"어디 가십니까?"

"점쟁이 소개받았으니 소개해 준 놈한테 술 한잔은 사야지."

이규대를 소개해 준 사람과 술 약속을 잡은 것이다.

"먼저 타고 가십시오. 저는 좀 앉아 있다 가겠습니다."

"하긴 동생 이야기 오랜만에 들었을 테니 심장 떨리겠다. 지하철 타지 말고 택시 타고 가."

"택시비 많이 나올 텐데."

"방금 일억 태우고 온 놈이…… 택시비 아끼는 거냐?"

말과 함께 박천수가 지갑을 꺼내 오만 원짜리 두 장을 꺼내 내밀었다.

"타고 가."

"알겠습니다."

"그럼 나 간다."

박천수가 택시를 잡아타고 가는 것을 보던 김호철이 잠시 있다가 건물을 올려다보았다.

"마저 이야기를 해야겠지."

작게 중얼거린 김호철이 자신이 나온 건물로 다시 들어갔다.

이규대는 상담을 하고 있었다. 강남의 한 부잣집 사모님과 그 며느리의 사주를 보고 있었다.

“흠…… 사모님 사주와 며느님 사주에 살이 끼어 있습니다.”

이규대의 말에 비싸 보이는 명품으로 몸을 도배한 아줌마가 손뼉을 쳤다.

“역시 내 이럴 줄 알았어. 내 그년만 보기만 하면 몸이 다 아프다니까요.”

“그러실 것입니다. 사모님 사주는 나무와 나무가 합쳐진 형태이니 가문을 번창하게 하고 자식을 많이 보는 여자들 사주 중에서는 으뜸이라 할 수 있습니다.”

이규대의 말에 아줌마의 얼굴에 흐뭇함이 어렸다.

“제가 시집을 온 후 저희 집이 아주 좋아지기는 했지요.”

“그런데 며느님 사주는 금에 날카로움까지 서려 있습니다. 이는 나무를 베는 도끼의 상…….”

말을 하던 이규대의 얼굴이 굳어졌다. 문 밖에서 마나가 움직이는 것을 느낀 것이다.

‘뭐지?’

퍽! 퍽! 퍽!

문에 무언가가 박히는 소리가 들리더니 그대로 문이 박살이 나며 흩어졌다.

"웬 놈이냐!"

고함을 지르며 몸을 일으키는 이규대의 손에는 어느새 방울이 들려 있었다.

딸랑! 딸랑!

거칠게 방울을 흔들어 대자 이규대의 주위에 귀(鬼)병들이 나타났다. 옛 관군 복장을 한 귀신들은 손에 창 같은 것을 들고 있었다.

"꺄아악!"

귀신들의 모습에 아줌마가 비명을 지르더니 그대로 뒤로 자빠졌다.

"기다리려고 했는데 제가 시간이 없어서 죄송하게 되었습니다."

말과 함께 부서진 문으로 김호철이 안으로 들어왔다.

쿵! 쿵!

김호철은 혼자가 아니었다. 그의 뒤에는 데스 나이트 둘이 그를 따르고 있었다.

데스 나이트를 데리고 안으로 들어오는 김호철의 모습에 이규대의 등에 땀이 흘러내렸다.

아무래도 좋은 의미로 돌아온 것은 아닌 것 같았다. 게다가…….

'데스 나이트라니…….'

헌터로 몬스터 사냥을 하지는 않지만 이규대도 몬스터 족보 정도는 꿰고 있었다.

게다가 데스 나이트는 언데드다. 영을 다루는 무당인 이규대다 보니 언데드 몬스터에 관해서는 더 잘 알고 있는 것이다.

'꿀꺽!'

속으로 침을 삼킨 이규대가 김호철을 보며 입을 열었다.

"돈 때문에 돌아오신 것이라면 돌려드리겠습니다."

"돈 때문에 온 것이 아닙니다."

"그럼 왜?"

"한 가지 이야기하지 않고 가서 그 이야기를 하러 왔습니다."

말과 함께 다가오는 이규대의 모습에 이규대가 급히 방울을 흔들었다.

딸랑! 딸랑!

이규대의 방울 소리에 귀신 병사들이 김호철의 앞을 가로막았다.

귀신이다. 예전이라면 바들바들 떨며 도망을 쳤을 귀신이지만…… 김호철은 겁먹지 않았다.

지금 그의 뒤에는 언데드 몬스터 갑 중 갑 데스 나이트가 있으니 말이다.

"치워."

김호철의 말에 데스 나이트의 신형이 한 발 크게 내디디며 망치를 휘둘렀다.

파지직! 파지직!

망치에서 뿜어진 뇌전에 귀신 병사 둘이 그대로 흔적도 없이 흩어지며 사라졌다.

그 모습에 이규대의 입이 쩍 하고 벌어졌다. 그가 소환한 귀신 병사들은 일반 귀에 비해 월등히 강하다. 군인이 일반인보다 더 강한 것처럼 말이다. 그런데 반항 한 번 하지 못하고 사라져 버리다니.

'데스 나이트가 언데드 중 최강이라 하더니…….'

놀라 굳어져 있는 이규대를 보며 김호철이 고개를 끄덕였다.

"점쟁이 일을 하길 잘하셨군요. 이 정도 일에 이리 굳어지시는 것을 보면."

김호철의 말에 이규대가 입술을 깨물며 그를 올려다보았다.

"돈…… 문제가 아니라면 왜 이러시는 것입니까?"

"방금 전에 말을 했는데, 이야기 안 한 것이 있어서 돌아왔다고."

'시발…… 그럴 거면 이야기만 하고 가면 되지 왜 문은 때

려 부숴.'

속으로 욕설을 한 이규대가 김호철을 보다가 말했다.

"어떤 말씀인지……."

"제 동생 꼭 찾아주십시오."

"제 능력이 닿는다면……."

"아니, 그런 말 하지 마시고 꼭 찾아주십시오. 그리고……."

잠시 말을 멈춘 김호철이 데스 나이트를 가까이 다가오게 했다. 바로 옆에 다가온 데스 나이트의 머리를 잡은 김호철이 이규대의 머리 바로 앞에 들이밀었다.

"내가 동생 찾아 사람을 좀 부려봐서 아는데…… 당신 눈에는 내가 호구로 보이겠지. 찾을 듯 말 듯 작은 단서 하나씩 던져 주면서 꿀 빨아 먹는……."

"나는 그런 생각이……."

"당신이 내가 생각하는 사람이 아닐 수도 있고 맞을 수도 있어. 그래서 이 말을 하러 온 거야. 장난치지 마."

데스 나이트의 얼굴이 바로 자신의 얼굴 바로 앞에 있는 것을 보며 이규대가 침을 삼켰다.

"꿀꺽!"

당장에라도 자신을 때려죽일 것 같은 데스 나이트의 얼굴을 보며 이규대가 주춤거리며 뒤로 물러났다.

이규대의 머릿속에는 김호철이 자신을 향해 반말을 했다

는 것도 들어 있지 않았다. 그저 데스 나이트가 두렵다는 생각만이 그의 머리를 가득 채우고 있었다.

탁!

벽에 닿아서야 물러나는 것을 멈춘 이규대를 보며 김호철이 입을 열었다.

"돈은 상관없어. 능력자가 자선사업가도 아니고 일을 하면 그에 합당한 돈을 받아야 하는 것이 당연한 일. 하지만…… 장난은 치지 말아라."

김호철이 말하는 장난은 자신의 동생을 찾고도 돈을 계속 받아내기 위해 찾지 못했다는 말을 하지 말라는 것이었다.

그런 김호철을 보며 이규대가 고개를 끄덕였다.

"알겠습니다."

이규대의 답에 그 눈을 잠시 보던 김호철이 고개를 끄덕였다.

"그럼…… 삼 일 후에 뵙겠습니다."

고개를 숙인 김호철이 데스 나이트들을 데리고 부서진 문을 통해 밖으로 나갔다.

그 모습을 멍하니 보던 이규대가 입술을 깨물었다.

"이 미친 또라이 같은 새끼."

차마 크게 욕설은 하지 못하고 작게 욕설을 한 이규대가 핸드폰을 꺼냈다. 그러고는 김호철을 소개한 채병열에게 욕을 하기 시작했다.

택시를 타고 술 약속이 있는 곳으로 향하던 박천수는 전화한 통화를 받았다. 이규대를 소개한 채병열이었다.

"여보……."

-야, 이 미친 또라이 새끼야!

버럭 욕설을 하는 채병열의 목소리에 박천수가 눈을 찡그렸다.

"이 미친놈이 갑자기 왜 소리를 질러!"

-이 새끼야, 내키지 않아도 소개를 해준 내 면상이 있는데 거기서 난동을 피워!

"난동? 무슨 소리야? 난동이라니?"

-이 미친 새끼!

"무슨 말인지 모르겠다니까. 점 보고 돈도 다 치르고 나왔는데 무슨 난동?"

-김호철인가 뭔가 하는 놈이 데스 나이트를 끌고 가서 사무실을 난장판으로 만들고 갔다는데 너 몰라?

채병열의 외침에 박천수는 그제야 무슨 일인지 알았다.

"그런 일이 있었데?"

-그래, 이 새끼야!

채병열의 욕설이 들리는 핸드폰을 살짝 귀에서 떼어낸 박천수가 작게 웃었다.

'호철이 그놈 순둥인 줄 알았더니…… 후! 이거 내숭이었구만.'

속으로 웃은 박천수가 전화기를 귀에 댔다.

"돈이라도 뺏어갔데?"

－돈? 그런 이야기는 없었어.

"그럼 뭐 앞으로 일 잘해 달라 말하러 간 모양이네."

－뭐?

"다치거나 한 사람은 없지?"

－다치지는 않았다고 하던데…….

"그럼 됐지. 너도 이쪽 알잖아. 약해 보이면 똥구멍까지 빨아 먹으려고 하는 거. 실력 한번 보여주고 일 잘해 달라고 한 모양이니까. 그냥 네가 한 번 참아라."

－이게 참을…….

"나중에 데스 나이트 필요하면 싸게 일하라고 내 말해놓을게."

－데스 나이트?

"그래, 데스 나이트. 김호철이가 데스 나이트를 소환할 줄 안다. 네 면이 중요하냐, 아니면 데스 나이트 소환할 수 있는 놈한테 빚 한 번 지우는 것이 중요하냐."

'두말할 필요도 없는 일이지.'

박천수의 말에 전화기 너머에서 잠시 침묵을 하던 채병열이 한숨을 쉬며 말했다.

-알았다. 대신 나 도와줄 때 확실히 도와줘야 한다고 말해야 한다.

"알았다."

-그리고 나 지금 가고 있으니까. 시간 늦지 말고 와.

"나도 지금 가는 중이야. 거기서 보자."

전화를 끊은 박천수가 김호철을 떠올렸다.

"이놈…… 성깔 있구만."

2장
오거 소환

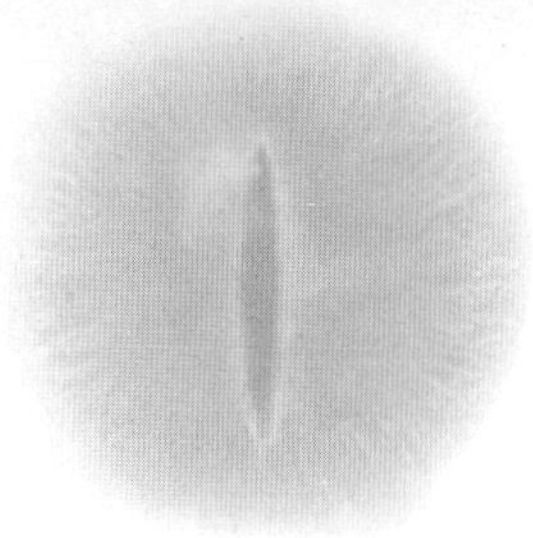

수정 카페에 들어서는 김호철을 힐끗 본 마리아가 의아한 듯 물었다.

"박 팀장님은요?"

"볼일이 있다고 하셔서 저 혼자 먼저 들어왔습니다."

"커피 한 잔 드릴까요?"

"아닙니다."

말과 함께 김호철이 바 앞에 앉았다.

"마나석 판매 대금은?"

"한국 전력공사에 연락했어요. 이따가 사람 오면 감정하고 넘기면 끝. 입금은 오늘 중으로 이뤄질 거예요. 아! 그리고 김호철 씨가 원한 마나석들은 방에 가져다 놨어요."

"감사합니다."

김호철이 자리에서 일어나 계단을 올라갔다.

자신의 방에 돌아온 김호철은 책상 위에 올려 있는 열한 개의 마나석을 볼 수 있었다. 마나석에는 모두 라벨이 붙어 있어 어떤 몬스터의 것인지 알 수 있었다.

웨어 라이온

웨어 울프

나가

골렘

가고일

…….

이 마나석들 가격이 19억 어치예요. 19억에서 오늘 수당 제하고 남은 금액은 제가 빌려드리는 것이니 꼭 갚으세요.

골렘 마나석은 없다고 하더니 구해 온 모양이었다.

마나석 옆에 놓인 쪽지에 적힌 마리아의 글을 본 김호철이 입맛을 다셨다.

같은 몬스터 이름으로 된 마나석도 몇 개 있었지만 그것은 상관없었다. 어차피 필요한 것은 하나고, 남는 것은 나중에 다시 팔아버리면 되는 것이니 말이다.

'돈을 벌러 와서 오히려 빚만 지는군.'

잠시 생각을 하던 김호철이 가방에 들어 있는 오거 마나석을 꺼내 들었다.

이것을 팔면 이 마나석 가격을 모두 해결을 할 수 있다. 하지만 김호철은 오거 마나석을 팔 생각이 없었다.

"내가 살아남지 못하면 혜원이를 볼 수도 없다. 일단은 강해져야 해."

그리고 이 마나석은 마리아가 빌려준 것이라 했다. 나중에 갚으면 되는 것이다.

잠시 마나석을 보던 김호철이 입맛을 다셨다.

"그나저나 이거 다 먹으면 배 터지는 것 아냐?"

그런 생각을 하던 김호철이 오거 마나석을 집어 들었다. 아무리 생각해도 이건 먹을 수 없이 너무 크다.

하지만 먹어야 했다.

대형 몬스터 오거라면 데스 나이트보다 더 C급이나 B급 몬스터를 상대하기 좋을 것이다.

밟기만 해도 오크 정도는 죽을 것이니 말이다.

"먹는다."

생각과 함께 김호철이 오거 마나석을 꽉 깨물었다.

으득!

김호철은 자신이 실수를 했음을 알았다. 이가 들어가지를 않는 것이다.

"크윽!"

이가 부러진 것이 아닌가 싶어 몇 번 손으로 만져 본 김호철이 오거 마나석을 보다가 손뼉을 쳤다.

'이런 바보 같은…….'

"초심을 잃었군. 초심을 잃었어."

작게 중얼거린 김호철이 초아를 불렀다.

"초아야."

화아악!

초아가 모습을 드러내자 김호철이 말했다.

"식초하고 꿀, 그리고 커다란 냄비 하나 가져다 줄 수 있어?"

－알겠습니다.

말과 함께 사라졌던 초아가 다시 모습을 드러냈다. 그녀의 손에는 커다란 냄비가 있었고 그 안에 꿀과 식초가 들어 있었다.

"고마워."

－배가 고프시다면 카페에서 하시는 것을 추천합니다.

"밥 먹으려는 것 아냐."

김호철의 말에 잠시 그를 의심 어린 눈으로 보던 초아가 다시 말했다.

–방 안에서 취사는 금지되어 있습니다.

"취사 안 한다니까."

김호철의 말에 고개를 끄덕인 초아가 빛과 함께 사라졌다.

초아가 사라지자 김호철이 오거 마나석을 화장실에 가서 깨끗이 씻어냈다. 그리고 오거 마나석을 수건으로 깨끗이 닦은 다음 그 위에 식초를 부었다. 꼼꼼하게 식초로 오거 마나석을 닦아낸 김호철이 그것을 냄비에 넣었다. 그러고는 꿀을 천천히 마나석 위에 부었다.

화아악!

그러자 오거 마나석이 녹기 시작했다.

'이십억이라…….'

이십억이 녹아 사라지는 것은 순식간이었다. 조금은 아깝다는 생각이 들었지만 강해지기 위해서는 어쩔 수 없다. 자신이 약하다면 이 헌터의 길을 갈 수 없다. 그렇게 되면 동생을 만나지도 못한다.

꿀과 하나가 된 오거 마나석을 보던 김호철이 냄비를 천천히 입에 가져다 댔다.

"꿀꺽! 꿀꺽!"

꿀과 섞인 마나석을 먹기 시작하자 김호철은 배 속에 끓어오르는 듯한 열기를 느낄 수 있었다.

그렇게 커다란 오거 마나석을 단숨에 마신 김호철이 그릇에 물을 부어서는 흔들었다.

'이게 얼마짜리인데 한 방울도 놓칠 수 없지.'

생각과 함께 김호철이 그릇에 담긴 물을 다시 깨끗이 마셨다.

"커어억! 배부르다."

커다란 마나석에 그것을 녹이기 위해 넣은 꿀, 거기에 냄비에 물까지 부어 다시 마셨으니 족히 2L에 가까운 액체를 마신 것이다.

그에 부른 배를 손으로 쓰다듬은 김호철이 책상 위에 올려 있는 마나석들을 바라보았다.

"이건…… 내일 먹자."

속으로 중얼거린 김호철이 침대 위에 몸을 눕혔다. 마나석도 먹는 것이라고 배부르게 먹었더니 졸음이 온 김호철은 곧 잠이 들었다.

얼마나 피곤했는지 김호철은 다음 날 점심이 넘은 시간에서야 눈을 떴다.

눈을 뜬 김호철은 잠시 멍하니 앉아 있다가 몸을 일으켰다. 그러고는 책상 위에 있는 마나석을 가만히 보다가 그중 골렘이라 적힌 마나석을 냄비에 넣었다.

골렘이 느리기는 하지만 다수를 상대하기에는 좋다. 오거와 함께 뽑아내면 어지간한 성벽보다 더 단단한 보호막이 되어줄 것이다.

골렘 마나석을 씻으며 작업을 하던 김호철이 문득 고개를 갸웃거렸다.

'그런데 내가 오거를 소환할 수 있기는 한 건가?'

만약 소환할 수 없는 몬스터인데 마나석을 먹은 거라면 그냥 똥밖에 되지 않는 것이다.

"지하에 가서 뽑아봐야겠네."

작게 중얼거린 김호철이 냄비에 꿀을 부었다. 골렘 마나석이 잘 녹으라고 손가락으로 휘휘 저은 김호철이 그것을 단숨에 들이켰다.

"꿀꺽! 꿀꺽!"

골렘 마나석을 단숨에 마신 김호철이 자신의 배를 내려다보았다.

"세상에서 가장 비싼 아침밥이네."

골렘 마나석을 녹여 먹은 꿀물이니 그 가격이 억 소리가 나오는 것이다.

세상에서 가장 비싼 아침밥을 먹은 김호철이 수정 카페로 내려왔다. 지하 훈련장으로 내려가려면 수정 카페로 내려와야 했다.

"어이! 호철이!"

수정 카페에서는 박천수가 밥을 먹고 있었다.

"밥 먹어라. 육개장이 괜찮아."

박천수의 말에 김호철이 그가 먹고 있는 육개장을 바라보았다. 빨간 국물과 커다란 고깃덩어리, 갖은 야채까지…….

"카페에서 육개장도 파는 것입니까?"

김호철의 말에 마리아가 눈을 찡그리며 고개를 저었다.

"옆에 육개장집에서 배달시켜 먹는 거예요. 냄새 나니까 거기서 먹고 오면 될 텐데 꼭 시켜 먹는다니까요."

마리아의 말에 박천수가 웃으며 고개를 저었다.

"내 집에서 먹는 밥이 가장 맛있는 걸 어떻게 해."

"그건 남의 집 밥이거든요."

"하하하! 그런가?"

기분 좋게 웃는 박천수를 보던 마리아가 말했다.

"새벽에 들어왔던데 어디서 술을 그렇게 먹고 온 거예요?"

"친구랑 강남에서 한잔했지."

"여자 나오는 곳에서 먹은 거예요?"

"하하하! 마리아가 질투할 때가 가장 기분 좋더라."

웃으며 답을 하지는 않은 박천수가 육개장을 한술 떠 입에 넣었다.

"크읔! 좋다!"

그런 박천수를 보던 마리아가 냉수를 한 잔 따라 앞에 내려놓았다.

"물이나 마셔요."

"고마워."

웃으며 마리아에게 윙크를 찡긋한 박천수가 김호철을 바라보았다.

"안 먹을 거야?"

"저는 괜찮습니다."

"그럼 뭐……."

말과 함께 다시 육개장을 먹던 박천수가 입을 열었다.

"이규대 사무실에 가서 한판 했다며."

박천수의 말에 김호철이 멈칫했다가 고개를 끄덕였다. 박천수 지인 소개로 간 이규대 사무실이다. 이야기가 들어갈 것이라는 것은 이미 알고 있었다.

"사기꾼 기질이 있는 것 같아서 이야기 좀 다시 하러 갔을 뿐입니다. 문제 되는 것입니까?"

"돈을 뺏은 것도 아니고 사람 상하게 한 것도 아니면…… 문제없지. 그리고 네 말대로 사기꾼 기질도 좀 있는 것 같고. 후루룩!"

그릇을 들고 국물을 들이켠 박천수가 말했다.

"그래도 말은 하고 가지 그랬어. 내가 말릴까 봐 말 안 한 거야?"

"제가 애는 아니니까요."

"후! 말은 잘하는군. 그래도 앞으로는 능력자들과 일 벌일 때는 미리 언질이라도 줘. 그래야 너를 돕든 너를 버리든 결정해야 하니까."

버린다는 말을 쉽게 하는 박천수를 보던 김호철이 마리아를 바라보았다.

"지하 훈련장 높이가 얼마나 됩니까?"

"글쎄요. 한 팔 미터 정도 되나?"

"오거를 소환해도 멀쩡할까요?"

"푸우우!"

김호철의 말에 육개장을 뿜어낸 박천수가 기침을 하기 시작했다.

"콜록! 콜록! 뭐? 오…… 콜록! 거?"

놀라 바라보는 박천수를 보며 김호철이 고개를 끄덕였다.

"오거를 소환해 보려 합니다."

"오거를?"

오거를 소환하겠다는 김호철의 말에 잠시 멍하니 있던 박천수가 입가를 닦았다.

"재밌겠네. 간당간당하기는 하겠지만 충분할 것 같다."

말을 하는 박천수의 눈에는 재밌겠다는 빛이 가득 차 있었다.

"그런데 될 것 같아?"

"시험해 보기 전에는 저도 잘 모르겠습니다."

김호철의 말에 마리아가 말했다.

"됐으면 좋겠네요."

"저 역시 됐으면 좋겠습니다."

"김호철 씨의 데스 나이트도 큰 전력이지만 오거라면 더욱 좋아요. 일대일에 강한 데스 나이트와 달리 오거는 다수의 몬스터를 상대할 수 있으니까요."

마리아가 김호철을 바라보았다.

"김호철 씨가 오거를 소환할 수 있다면 우리 쪽에 큰 도움이 될 거예요. 확인해 봐야 해요."

바에서 나온 마리아가 지하 훈련장으로 내려가자 그 뒤를 김호철과 박천수가 따라나섰다.

지하 훈련장에 들어선 김호철을 보며 마리아가 말했다.

"시작해 보세요."

마리아의 말에 고개를 끄덕인 김호철이 잠시 숨을 고르고는 오거를 떠올렸다.

'오거…….'

오거는 환영이 아니라 직접 봤고 그 위에서 서 보기까지 했다. 게다가 그 커다란 눈은 잊고 싶어도 잊을 수 없을 것이다.

오거의 눈을 떠올리던 김호철이 눈을 감았다.

'오거…… 네 존재를 보여줘.'

마음속으로 강하게 생각을 하며 오거를 떠올리자 그의 의식 속 검은 공간이 보이기 시작했다. 검은 공간이 보이자 김호철은 정신을 더욱 집중했다.

'들어왔다.'

이 검은 공간은 김호철의 기억 속에 있었지 다시 이곳에 들어온 적은 없었다. 그에 김호철이 정신을 집중하며 이 안에 있는 자신을 떠올렸다.

'보는 것이 아니라 이 안에 있는 나를 생각해야 한다. 생각은 능력이 되고, 이미지는 힘이 된다.'

김호철은 박천수가 했던 말을 계속 떠올리며 정신을 집중하고 이미지를 떠올렸다. 자신이 검은 공간에 있는 모습을 말이다.

그리고…….

화아악!

김호철은 검은 공간에 서 있는 자신을 느낄 수 있었다.

'됐다.'

검은 공간에 선 김호철이 주위를 바라보았다. 그러자 주위에 떠 있는 수십 개의 눈과 자신을 바라보고 있는 몬스터들이 보였다.

'데스 나이트, 가고일, 웨어 라이온……. 이미지화에 성공한 몬스터들이구나.'

이미지화에 성공을 한 몬스터들을 보던 김호철은 어쩐지 자신이 뿌듯해졌다.

자신이 소환할 수 있는 몬스터가 7종류나 되는 것이다. 그것도 A급 데스 나이트부터 해서 B급 여섯 종류까지…….

그런 몬스터들을 뿌듯한 눈으로 보던 김호철이 주위를 바라보았다.

'오거는 어디 있지?'

김호철은 자신이 오거를 소환할 수 있을 것이라 생각을 했다. 오거 마나석은 속성이 없다. 그저 그 크기만큼이나 막대한 마나만을 가지고 있을 뿐이다. 그렇기에 발전소에서 가장 많이 활용하는 것이 오거의 마나석이다. 그러니 자신이 복용했을 확률이 가장 큰 것이다.

주위에 있는 눈들을 보던 김호철은 곧 오거의 눈을 찾을 수 있었다. 다른 눈들보다 훨씬 큰 눈을 발견한 것이다.

'이게 오거 눈이 아니면 뭐가 오거 눈일까.'

속으로 중얼거린 김호철이 오거 눈이라 생각되는 눈을 지

그시 응시했다.

'오거…… 오거…… 오거.'

오거의 모습을 떠올리며 눈을 중심으로 그 모습을 그려 나갔다. 그러자 오거의 모습이 조금씩 그려져 나가기 시작했다. 그리고…….

화아악!

오거의 눈이 붉은빛을 뿜어내기 시작했다.

-크르릉!

마음속으로 들려오는 오거의 울음소리를 들은 김호철이 눈을 떴다.

"오거."

파지직! 파지직!

순간 김호철의 몸에서 막대한 뇌전이 뿜어져 나갔다. 뇌전과 함께 빠져나가는 마나의 양에 김호철의 얼굴이 순간 창백해졌다.

"크으윽!"

데스 나이트를 뽑아낼 때와는 차원이 달랐다. 오거는 말 그대로 마나를 잡아먹는 괴물이었다.

신음을 토하며 주저앉는 김호철의 모습에 박천수가 급히 그를 부축했다.

하지만…….

파지직!

김호철의 몸에서 뿜어지는 뇌전에 박천수가 바들바들 떨어댔다.

"우우우우우!"

비명도 지르지 못하고 신음만 흘려대는 박천수의 모습에 김호철이 급히 그를 밀어냈다.

탓!

넘어진 박천수가 막대기처럼 몸을 굳힌 채 연신 신음을 토해냈다.

"우우우우우!"

바들바들 떨며 거품까지 무는 박천수였지만, 마리아는 그에게 신경을 쓸 수 없었다. 허공에 거대한 뇌전이 모이기 시작하더니 오거의 모습을 만들어내기 시작한 것이다.

"오거!"

마리아의 놀람에 찬 음성과 함께 오거가 괴성을 지르기 시작했다.

"크아아앙!"

괴성과 함께 오거가 양팔을 치켜들었다.

쾅! 후두둑! 후두둑!

오거의 주먹에 지하 훈련장 천장에 금이 가기 시작했다.

오거를 소환하는 것은 가능해도 오거가 날뛰어도 될 정도로 지하 훈련장의 지붕이 높지는 않은 것이다.

"크아아아!"

지붕에 자신의 주먹이 막히는 것에 화가 나는지 괴성을 지른 오거가 연신 주먹으로 천장을 치기 시작했다.

쾅! 쾅!

오거의 주먹질에 천장이 부서지기 시작하자 김호철이 소리쳤다.

"멈춰!"

하지만 오거의 주먹질은 멈추지 않았다. 아니, 오히려 자신에게 명령을 하는 김호철이 마음에 들지 않는 듯 더욱 큰 괴성을 지르며 주먹을 위로 치켜들 뿐이었다.

쾅! 쾅!

계속 부서지는 지붕과 함께 초아가 모습을 드러냈다.

-건물 방어 시작합니다. 건물 강화.

초아의 말과 함께 천장에서 빛이 나기 시작했다.

쾅! 쾅!

빛이 나는 것과 함께 오거의 주먹에 천장이 더는 부서지지 않았다.

-몬스터 방어 대응 시작합니다. 초아 봉인 해제.

무뚝뚝한 음성과 함께 초아의 몸에서 푸르스름한 불꽃이

솟구쳤다.

화르륵! 화르륵!

초아의 몸에서 뿜어지는 불꽃은 마리아가 뿜어내던 것보다 더욱 짙고 푸르렀다.

―초아 거대화.

초아의 음성과 함께 그녀의 몸이 오거에 버금갈 정도로 커지기 시작했다. 그런 초아의 모습에 김호철의 머리에 박천수가 했던 말이 떠올랐다.

'끝판…… 왕.'

거대해진 초아가 오거를 향해 주먹을 휘둘렀다.

퍽!

"크아아앙!"

주먹에 맞은 오거가 뒤로 물러나자 초아가 무표정한 얼굴로 입을 열었다.

―골렘 소환합니다.

화아악! 화아악!

초아의 말과 함께 골렘 네 기가 소환되었다. 소환된 골렘들은 바로 오거를 밀어붙였다.

쿵! 쿵! 쿵!

묵직한 발소리와 함께 골렘들이 오거를 벽으로 밀어붙였다.

"크아아아!"

연신 괴성을 지르며 오거가 자신의 몸에 매달린 골렘 한 기를 발로 걷어찼다.

골렘이 붕 떠올랐다가 떨어졌다.

쿵!

지하 훈련장이 흔들릴 정도로 묵직하게 떨어지는 골렘을 뒤로하고 초아가 오거를 뒤에서 붙잡았다.

-근력 강화.

초아가 오거를 그대로 들어서는 땅에 처박았다.

쾅!

거대한 오거를 그에 못지않은 초아가 들어 땅에 처박는 모습을 놀란 눈으로 보는 김호철의 뒤통수를 마리아가 후려쳤다.

퍽!

"크윽!"

놀란 눈으로 김호철이 마리아를 보자 그녀가 소리쳤다.

"뭐 하고 있어요! 오거를 진정시키지 않고!"

마리아의 외침에 그제야 정신을 차린 김호철이 오거를 보며 소리쳤다.

"멈춰!"

"크아아앙!"

"멈추라고!"

"크아앙!"

김호철의 외침에 반항이라도 하듯 오거는 괴성만을 질러대며 초아에게 벗어나기 위해 버둥거릴 뿐이었다.

"이게 왜 이러지?"

김호철로서는 의아할 뿐이었다. 데스 나이트나 다른 몬스터들은 최소한 그에게 위해를 가하지 않았다. 아니, 오히려 데스 나이트는 나타난 순간 그를 지켜주었고 마나석까지 뽑아 그에게 먹여주었다. 다른 몬스터들 역시 그가 정신을 집중하면 명령을 따랐다.

그런데 오거는 그저 날뛸 뿐이었다.

"멈춰!"

"크아앙!"

다시 괴성을 지르던 오거가 자신을 누르고 있는 초아의 목을 물었다.

파지직! 파지직!

김호철의 속성에 영향을 받아 오거에게 물린 초아의 몸에 뇌전이 퍼져 나가기 시작했다. 초아의 몸에서 타오르는 불꽃이 고통스럽게 떨리기 시작했다.

-김호철 씨…… 오거를 빨리 해결해 주시기 바랍니다. 아픕니다.

무뚝뚝한 초아의 목소리가 떨리는 것에 김호철이 정신을 집중했다.

"돌아와!"

"크아앙!"

"돌아와!"

자신의 몸으로 돌아오는 이미지를 그리며 연신 돌아오라 소리를 쳤지만 오거는 바둥거리기만 할 뿐이었다.

"제길!"

욕설을 뱉은 김호철이 소리쳤다.

"데스 나이트!"

파지직! 파지직!

김호철의 몸에서 뇌전이 뿜어지며 데스 나이트가 모습을 드러냈다.

오거에 이어 데스 나이트까지 소환하자 김호철은 금방이라도 기절할 것 같았다.

그에 무릎을 꿇은 김호철이 오거를 노려보았다.

"죽여!"

김호철의 외침에 데스 나이트가 오거를 향해 몸을 솟구쳤다.

파앗!

단숨에 천장까지 솟구친 데스 나이트가 천장을 발로 찍고는 강하게 오거를 향해 떨어졌다.

파지직! 파지직!

데스 나이트가 손을 들자 김호철의 몸에서 다시 뇌전이 솟구치며 그 손으로 뭉쳤다. 망치가 형성이 되는 것과 함께 마나가 급속도로 빠져나가며 배 속이 비틀어지는 것 같은 고통을 느낀 김호철이 입술을 깨물었다.

'이것들이 죽어라 죽어라 하는구나.'

김호철이 속으로 욕설을 토할 때 데스 나이트가 오거의 머리를 향해 망치를 내려찍었다.

쾅!

데스 나이트의 망치질에 오거의 머리가 그대로 터져 나갔다. 데스 나이트가 강해서라기보다는 초아와 골렘들이 오거의 몸을 붙잡고 있어 가능한 일이었다.

파지직! 파지직!

오거의 머리가 터지자 그 몸이 뇌전으로 변하며 김호철의 몸으로 스며들었다.

그와 함께 마나가 차오르는 것을 느낀 김호철이 데스 나이트를 바라보았다.

'기특한 놈.'

속으로 중얼거린 김호철이 입을 열었다.

"돌아와."

파지직! 파지직!

데스 나이트가 돌아오는 것과 함께 김호철은 몸에 충만해 오는 마나를 느꼈다.

"후우!"

길게 한숨을 쉬던 김호철의 고개가 앞으로 강하게 꺾였다.

퍽!

"크윽!"

신음을 흘린 김호철이 뒤통수를 붙잡고 뒤를 돌아보았다. 그 뒤에는 박천수가 핏발이 선 눈으로 그를 노려보고 있었다.

거기에 박천수의 머리카락은 온통 삐죽삐죽 솟아 있었다.

뇌전에 머리카락이 타서 검은 연기까지 모락모락 피워 올리고 있는 박천수를 보던 김호철의 얼굴에 난감함이 어렸다.

"아……."

"아? 이 씹어 먹을 놈의 자식이 하늘같은 사무소 선배를 이 꼴로 만들고 뭐, 아?"

"죄…… 죄송합니다."

"이!"

김호철을 보며 손을 번쩍 들어 올리는 박천수를 향해 마리아가 작게 입을 열었다.

"혼내는 것은 나중에……."

"나중에 할 일이 따로 있지. 이……."

말을 하던 박천수가 문득 고개를 치켜들었다. 거대한 초아가 그제야 눈에 보인 것이다.

"초아?"

-박 팀장님.

자신을 부르는 말에 초아가 답을 하자 박천수가 의아한 듯 그녀를 바라보았다.

"너…… 언제 이렇게 컸냐?"

박천수의 중얼거림에 초아가 그를 보다가 입을 열었다.

-거대화 해제.

화아악!

초아의 몸이 원래대로 작아졌다.

-초아 봉인을 합니다.

화아악!

초아의 몸에서 뿜어지던 새파란 불길이 그녀의 몸으로 스며들며 사라졌다.

-사라지세요.

초아가 골렘들을 향해 말하자 골렘들이 빛과 함께 사라졌다.

빛과 함께 사라지는 골렘들을 뒤로하며 초아가 마리아를 바라보았다.

－지하 훈련장 마나 보유량 73%, 파괴된 훈련장 복구에 필요한 마나량 24%입니다. 훈련장 복구 후 마나량 49%입니다. 오차 범위 0.5 플러스마이너스입니다.

초아의 말에 마리아가 한숨을 쉬었다.

"49%라……."

－지하 훈련장 적정 마나 보유량은 50%입니다.

"알고 있는데……."

스윽!

마리아가 김호철을 바라보았다.

"하아아."

화가 나는 듯 한숨을 작게 쉰 마리아가 김호철을 향해 말했다.

"김호철 씨는 앞으로 오거 소환하지 마세요."

마리아의 말에 김호철이 슬며시 말했다.

"훈련을 좀 하다 보면……."

"그 훈련 몇 번 하다가는 사무소가 남아나질 않겠어요. 하려거든 어디 사람 없는 변두리에 가서 하세요."

"휴! 알겠습니다."

머리를 긁는 김호철을 보며 고개를 저은 마리아가 지하 훈련장을 빠져나갔다.

마리아가 나가자 초아가 천장을 가만히 보다가 김호철을

향해 고개를 돌렸다.

–훈련장 복구를 해야 합니다. 그만 나가주시기 바랍니다.

조금은 쌀쌀한 초아의 목소리에 김호철이 그녀를 보며 사과했다.

"미안해."

–아닙니다.

말과 함께 돌아선 초아가 손을 들자 바닥에 떨어진 흙과 돌들이 허공으로 떠오르며 부서진 천장에 달라붙기 시작했다.

그것을 본 박천수가 김호철의 뒷덜미를 잡고는 지하 훈련장을 벗어났다. 계단을 오르며 박천수가 김호철을 향해 물었다.

"어떻게 된 거야?"

김호철의 뇌전에 정신을 잃고 있던 박천수라 오거가 날뛴 것을 보지 못한 것이다.

"그게…… 오거가 날뛰었습니다."

김호철이 오거가 날뛰고 초아가 제압하고 데스 나이트를 불러 죽였다는 설명을 하자 박천수가 턱을 쓰다듬었다.

"흠…… 오거를 소환할 수는 있어도 조종은 못한다는 거군."

"그런 것 같습니다. 그런데 왜 그런지 모르겠습니다. 같은 A급 몬스터인 데스 나이트는 제 말을 잘 따르는데 말입니다."

김호철의 중얼거림에 잠시 말이 없던 박천수가 말했다.

"몬스터 생리에 대해서는 아직도 많이 알려진 것은 없지만…… 판타지 소설이나 그런 것을 보면 데스 나이트는 타락한 기사가 죽어서 만들어지는 것이고, 오거는 혼자 사는 몬스터로 알려져 있다."

"그래서요?"

"데스 나이트는 너한테서 나왔으니 너를 주인으로 인식할 지능과 충성심을 가지고 있을 수 있어. 기사니까. 하지만 오거는 본능에 충실하고 누구 명령을 듣지 않는 흉폭한 놈이라 아마 네 말을 듣지 않는 것이 아닐까?"

"그럴 수도 있겠군요."

"그나저나 너 능력 연구 좀 확실하게 해야겠다. 이래서야 든든한 아군이 아니라 아군 속에 적을 둔 셈이 아니냐."

박천수의 말에 김호철이 한숨을 쉬며 고개를 끄덕였다.

"공부를 해야 할 것 같습니다."

"판타지 소설 같은 거라도 좀 읽어."

"판타지 소설을 읽는 것이 도움이 됩니까?"

"내가 누누이 이야기하지만 생각은 능력이 되고 이미지는 힘이 되는 거야. 판타지 소설을 보면 머릿속에 생각을 이미지화하는 데 도움이 될 거야. 게다가 몬스터들의 습성에 대한 것도 알기 좋을 테고."

"판타지 소설은 소설일 뿐인데……."

"소설이라고 우습게 보지 마. 몬스터에 관한 부분은 어느 정도 게이트에서 나오는 놈들하고 비슷하니까."

이야기를 나누며 계단을 오르던 김호철이 박천수를 바라보았다.

"그런데…… 빌린 돈 있잖습니까."

김호철의 말에 박천수가 고개를 저었다.

"마리아한테 이야기 들었어. 마나석 때문에 돈을 벌기는 커녕 빚만 바가지로 생겼다고."

"그래서…… 갚는 데 좀 걸릴 것 같습니다."

"됐어. 어차피 오늘 내일 보고 말 사이도 아니고. 차차 갚아."

"감사합니다."

"내 돈 갚으려면 일 열심히 해야겠다."

"열심히 해야지요. 그런데 게이트 말고 다른 할 일은 없습니까?"

"우리 사무소는 거의 전투 쪽으로 특화돼서 몬스터 관련된 일만 하지. 그래서 주가 게이트 쪽이기는 한데……."

잠시 생각을 하던 박천수가 문을 열고 카페 안으로 들어갔다.

"마리아, 혹시 호철이 할 만한 일 없어? 이 녀석이 빚이 많이 생기니 일 욕심이 생기는 모양이야."

박천수의 말에 마리아가 바에 앉아 있다가 김호철을 바라보았다.

"일하게요?"

"네."

"흠……."

잠시 생각을 하던 마리아가 김호철을 보다가 노트북을 꺼내 모니터를 열었다. 그리고 능력자 협회 홈페이지에 들어가 의뢰 목록을 살피기 시작했다.

그러다 마리아가 김호철을 향해 말했다.

"박 팀장님 말이 북한에서 비행 몬스터를 꺼냈다고 들었어요."

"가고일 세 마리를 다룰 수 있습니다."

"그 가고일 오거처럼 막 날뛰고 하는 것은 아니겠죠?"

"제 말 잘 듣습니다."

"소환해 보세요."

마리아의 말에 김호철이 가고일을 소환하려다 무슨 생각이 들었는지 말했다.

"잠시 기다리세요."

그러고는 서둘러 2층으로 올라갔다. 생각을 해보니 가고일 마나석을 먹지 않았다.

가고일 마나석을 먹어야 다시 가고일을 소환할 수 있는 것이다. 아마도…….

급히 방으로 들어간 김호철이 가고일 마나석을 식초로 깨끗이 씻고는 꿀과 타서는 빠르게 들이켰다.

거기에 물까지 다시 타 한 사발을 그대로 들이켠 김호철이 다시 수정 카페로 내려왔다.

박천수는 손에 물을 묻혀 삐죽삐죽 솟은 머리카락을 누르고 있었다.

"머리가 이게 뭐야."

창에 비친 자신의 머리를 손으로 누르고 있던 박천수가 사납게 김호철을 바라보았다. 솟은 머리카락을 보다 보니 김호철에 대한 분노가 다시 솟구친 것이다.

그런 박천수의 시선에 급히 고개를 돌려 피한 김호철이 마리아를 바라보았다.

"소환하겠습니다."

눈을 감고 가고일의 모습을 떠올리자 곧 그는 어두운 공간에 있는 자신을 볼 수 있었다.

'한 번 오니 두 번은 쉽네.'

속으로 중얼거린 김호철이 몬스터들을 보다가 오거를 발견했다.

'나쁜 놈.'

흉폭한 오거의 눈을 노려보며 중얼거린 김호철이 가고일을 향해 고개를 돌렸다.

'넌 말 잘 들어라.'

생각과 함께 김호철이 가고일을 가만히 바라보았다.

"가고일."

김호철의 부름과 함께 가고일의 눈에서 빛이 뿜어져 나왔다.

파지직! 파지직!

김호철의 몸에서 뿜어진 뇌전이 허공에 뭉치며 가고일을 만들어내기 시작했다. 새색시처럼 얌전하게 앉아 있는 가고일을 보며 마리아가 고개를 끄덕였다.

"한 발 움직여 보세요."

마리아의 말에 김호철이 가고일을 향해 말했다.

"한 발 앞으로."

김호철의 말에 가고일이 한 발을 앞으로 내밀었다. 그에 김호철이 마리아를 바라보았다.

"잘 듣는군요."

고개를 끄덕인 마리아가 노트북을 바 위에 올려 김호철이 보게 하며 말했다.

"이게 적당할 것 같네요. 보수도 좋고 위험수당도 괜찮고."

마리아의 말에 김호철이 모니터를 바라보았다.

〈능력자 의뢰〉

보수: 일억(100,000,000)

임무: 남해 비구름 강원도 운송.

세부 사항: 남해 비구름을 강원도로 운송하는 능력자 호위.

특수 수당: 비구름을 쫓아오는 몬스터 퇴치 시 등급별 수당 지급.

자격 조건: 비행이 가능할 것.

원거리 공격이 가능할 것.

비행 몬스터를 상대 가능할 것.

3장
비구름 운송 작전

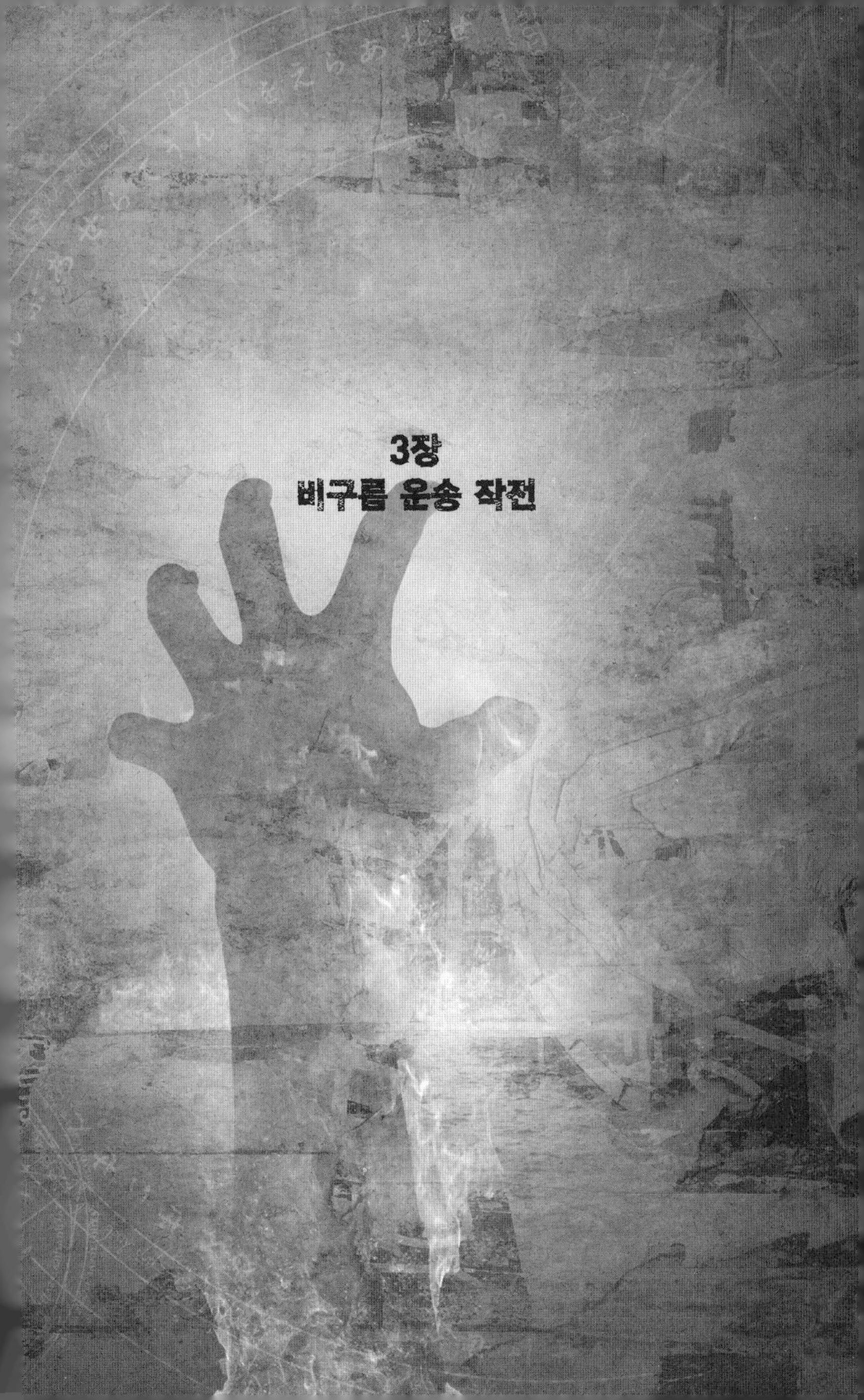

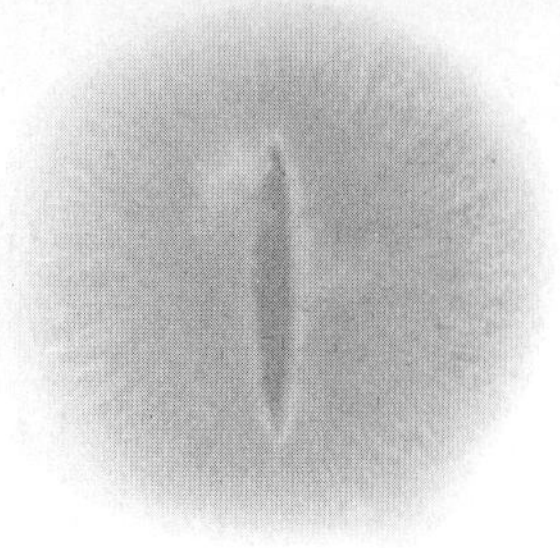

의뢰서를 읽은 김호철이 마리아를 바라보았다.

"비구름 운송?"

"요즘 우리나라 가뭄 심하잖아요. 이상 기후다 뭐다 해서."

"뉴스는 봤습니다."

"그래서 남해 쪽에 내릴 비구름을 잡아다 비가 필요한 강원도로 운송하는 거예요."

비구름 운송에 관한 것은 김호철도 알고 있었다. 비가 필요하다고 해서 아무 것이나 가져올 수 없다. 바다에 강수가 될 확률이 80% 이상인 비구름만을 가져올 수 있고 가져올 때에도 주변 국가들과 교섭을 해야 한다. 한국만 비가 필요한 것이 아니니 말이다. 그리고 그것은 국내도 마찬가지다. 그래서 비구름을 가져오는 것은 국외, 국내 단체들과 많은 교섭이 필요한 일이었다.

"하지만 제가 어떻게 비구름을?"

"그건 기상청에 소속이 된 능력자들이 할 거예요. 김호철 씨가 할 일은 그 능력자들이 무사히 비구름을 강원도로 가져갈 수 있게 호위하는 거예요."

"그럼 비행형 몬스터가 상대겠군요?"

김호철의 물음에 마리아가 고개를 끄덕였다.

"기상 조절이 가능한 능력자들이 마나로 비구름을 움직이는 거라 마나에 민감한 비행 몬스터들이 가끔 달려들 때가 있어요."

마리아의 말에 박천수가 머리에 물을 묻히며 다가왔다.

"그럴 때 호위 능력자들이 몬스터를 상대하는 거야."

"그렇군요."

"자격 조건이 까다로워서 그렇지 상당히 좋은 임무야."

그러고는 박천수가 게시판을 한 번 보고는 고개를 끄덕였다.

"총으로 원거리 공격 가능하고 가고일이 있으니 그거 타고 날아다녀도 되고. 딱이네."

"그렇습니까."

"그리고 몬스터가 안 나오면 그냥 헬기 타고 남해 갔다가 강원도로 가면 끝이야. 나들이 삼아 가면 딱이지. 말을 하고 보니 나도 가고 싶네. 오랜만에 바닷바람도 쐬고."

"그럼 같이 가시지요."

"원거리 공격이야 내 특기기는 한데…… 하늘을 날지 못하니까 나는 탈락."

손을 들어 보이는 박천수를 보며 김호철이 마리아를 바라보았다.

"그럼 저 혼자 하는 임무입니까?"

"그래요."

마리아의 말에 김호철이 모니터를 바라보았다.

'일억이라…….'

일억이라는 금액을 생각하니 김호철은 조금 아쉬웠다. 예전 같았으면 눈 튀어나오고 목 잡을 정도로 거액이었지만 어제 하루 일하고 번 돈을 생각하면 작다 생각이 드는 것이다.

하지만 곧 김호철이 고개를 저었다.

'일억……. 큰돈이다.'

어제 일로 배가 부른 것이지 일억이 작은 돈이 아닌 것이다. 아니, 어마어마하게 큰돈이다.

그리고 일이 있을 때 해야 한다.

"하겠습니다."

"잘 생각했어요. 놀면 뭐해요. 헌터가 됐으면 열심히 해야죠. 능력자 협회 어디에 있는지 알아요?"

"모르는데요."

김호철의 말에 고개를 저은 마리아가 노트북을 조작해 능력자 협회가 있는 곳을 보여주었다.

"찾아갈 수 있겠죠?"

"네."

"지하철 타지 말고 택시 타고 가요. 능력자에게 시간은 돈이니까요."

"알겠습니다."

가고일을 몸으로 돌아오게 한 김호철이 자신의 방에서 총과 야구 방망이가 들어 있는 가방을 들고는 수정 카페를 나왔다.

능력자 협회는 서울 용산에 위치해 있었다.

「대한민국 능력자 협회」

「조선 길드」

능력자 협회의 현판 옆에는 나란히 조선 길드라는 현판이

걸려 있었다.

'조선 길드가 한국 최고라더니 능력자 협회와 같은 건물을 쓰는 모양이군.'

그런 생각을 하며 김호철이 건물 안으로 들어갔다. 건물 1층 로비는 마치 은행 로비처럼 보였다.

김호철이 안을 둘러보고 있을 때 경비원이 다가왔다.

"무엇을 도와드릴까요?"

"일을 알아보러 왔는데요."

"그러시군요. 여기 번호표를 뽑고 기다리시면 창구에서 번호를 부를 것입니다."

경비원이 자신이 있던 곳으로 걸어가자 김호철이 로비에 있는 의자에 앉았다. 그리고 잠시 기다리자 창구에서 그가 든 번호의 불이 켜졌다.

〈325〉

번호가 켜진 것에 김호철이 창구에 다가갔다. 창구에 있던 여자가 영업적인 미소를 지으며 말했다.

"어서 오세요. 무엇을 도와드릴까요."

"협회 홈페이지 일을 보고 왔습니다."

"능력자 자격증 주시겠어요?"

김호철이 능력자 자격증을 내밀자 여자가 화면에 그 정보를 입력하기 시작했다.

타타탓!

김호철의 데이터를 확인한 여자가 그를 바라보았다.

"어떤 일을 보고 오셨나요?"

"남해에서 강원도로 비구름 운송하는 일 보고 왔습니다."

"비구름 운송……."

타타탓! 타탓!

키보드를 두들겨 임무를 확인한 여자가 김호철을 바라보았다.

"조건이 있는데 알고 계신가요."

"알고 있습니다."

"비행과 원거리 공격, 비행 몬스터 대응 모두 가능하신 건가요?"

"가능합니다."

"아시다시피 일에 맞는 능력자인지 확인을 하게 되어 있습니다. 능력 확인 가능하시겠습니까? 만약 능력 확인이 안 되실 경우 일을 하실 수 없습니다."

"하겠습니다."

김호철의 말에 여자가 다시 키보드를 두들기고는 말했다.

"18층에 올라가시면 옥상으로 나가실 수 있습니다. 그곳에 가시면 능력 확인을 할 수 있습니다."

말과 함께 여자가 서류 한 장을 내밀었다. 서류를 받아 든 김호철이 그것을 가지고 엘리베이터를 타고 올라갔다.

18층에서 내린 김호철은 계단을 통해 옥상으로 올라왔다. 옥상 위에는 사람들이 있었는데 그중에는 어제 본 조한석도 있었다.

'조 선비님도 이 일을 하러 가시나?'

김호철이 그런 생각을 할 때 한 사람이 그를 향해 소리쳤다.

"능력 시험 보러 오셨으면 이리 오세요!"

한 사람의 외침에 김호철이 그에게 다가갔다.

"휴! 서류 주세요."

한숨을 쉬며 손을 내미는 남자에게 김호철이 들고 온 서류를 내밀었다.

"어디 보자…… 기존에 하신 일이 없네요. 협회 일은 이번이 처음이신가 보군요."

"그렇습니다."

"그럼 그 전에 하신 일이……."

"김호철 씨!"

말을 하던 사내는 조한석이 소리치며 다가오는 것에 고개를 숙였다.

"유인 씨, 김호철 씨는 내가 아는 분이니까. 내가 맡도록 하지."

"알겠습니다."

고개를 숙이는 사내에게 서류를 받아 든 조한석이 김호철을 바라보았다.

"김호철 씨, 부지런하군요. 어제 일하고 오늘도 일을 하고."

"돈이 필요해서요."

김호철의 말에 고개를 끄덕인 조한석이 서류를 보다가 말했다.

"서류에 빈 곳이 많군요."

"네?"

조한석이 펜을 꺼내 서류에 글을 적었다.

"협회에 처음 오셨습니까?"

"네."

"그래서 초보 능력자인 줄 알고 공란으로 올렸나 보군요. 협회에서 한 번 일을 하고 이름을 올리면 앞으로는 이런 서류 안 가지고 오셔도 됩니다. 김호철 씨 자료가 협회에 남으니까요."

조한석이 서류를 김호철에게 넘겼다. 김호철이 보니 서류에는 몇 가지 사항이 더 적혀 있었다.

행복 사무소 소속.

A급 몬스터 사냥 가능.

몬스터 소환 가능.

적혀 있는 사항을 보며 고개를 끄덕이는 김호철을 보던 조한석의 눈이 반짝였다.

앞의 한 가지는 사실, 그리고 뒤 A급 몬스터 사냥과 마지막 몬스터 소환은 그가 추정한 사항이다.

그런데 김호철은 그저 고개를 끄덕인 것이다.

'이 녀석이…… 몬스터 소환술사구나.'

확신했지만 물어보기도 그렇고 조사하기도 그렇고 했던 문제가 지금 풀린 것이다.

'데스 나이트도 이 녀석이 소환한 건가?'

김호철에 관한 가장 큰 의문과 호기심, 그것은 바로 데스 나이트의 소환이었다.

서류를 보고 있는 김호철을 보던 조한석이 입을 열었다.

"그런데 이번 의뢰에 조건이 있는 것은 아십니까?"

"알고 있습니다."

"그럼 말이 빠르겠군요. 원거리 공격에 대한 것부터 하도록 하지요."

조한석의 말에 김호철이 가방에서 총을 꺼내 들었다.

"총이라. 좋지요. 하지만 능력이 섞이지 않으면 불합격입니다."

"뇌전."

김호철의 말과 함께 총에서 뇌전이 번뜩이기 시작했다.

파지직! 파지직!

총구를 타고 흐르는 스파크에 조한석이 고개를 끄덕이고는 말했다.

"하늘로 솟구치는 과녁을 쏘시면 됩니다."

"알겠……."

말과 함께 노리쇠를 후퇴시키려던 김호철이 아차 싶었다.

"총알."

그러고 보니 총알을 북한에서 다 쓰고 와 버린 것이다. 탄창을 꺼내 안을 들여다본 김호철은 역시나 싶었다.

탄창은 비어 있었다.

"총알이 없는 모양이군요."

"어제 쓰고 미처 채우지 못했습니다."

김호철의 말에 조한석이 웃었다.

"총알 정도야 우리 쪽에서 대겠습니다. 현무야, K2 탄창 하나 가져오거라."

조한석의 말에 순간 허공에 탄창 하나가 모습을 드러냈다. 그것을 받아 든 조한석이 탄창을 건넸다.

탄창을 받아 든 김호철이 허공을 바라보았다.

'현무? 초아랑 같은 마법 생명체인가?'

속으로 중얼거린 김호철이 탄창을 총에 결합했다.

탁! 철컥!

결합과 함께 노리쇠 후퇴 전진을 시킨 김호철이 견착을 하자 조한석이 들고 있던 염주를 들었다.

"그럼 시작하겠습니다."

말과 함께 조한석의 염주에서 빛이 흘러나왔다.

화아악!

그리고 염주에서 흘러나온 빛이 둥글게 뭉치더니 하늘로 쏘아져 나갔다.

파앗! 파앗!

빠르게 두 개의 빛의 공이 쏘아져 나가는 것을 본 김호철이 총구를 겨냥했다.

타타탕! 팟!

세 발을 연속으로 쏘아 하나의 광구를 없앤 김호철이 다른 광구를 겨냥했다.

타타탕!

하지만 두 번째 과녁은 맞히지 못했다. 그에 김호철이 다시 과녁을 조준하려 하자 조한석이 고개를 저었다.

"그 정도면 되었습니다."

"맞힐 수 있습니다."

"어차피 원거리 공격이 가능한가를 보려는 것일 뿐입니다."

말과 함께 조한석이 염주를 돌리자 하늘을 날던 광구가 사라졌다. 아쉽다는 듯 바라보는 김호철을 보며 조한석이 말했다.

"그럼 이제 비행이 가능한지 봐야 합니다."

조한석의 말에 김호철이 숨을 고르고는 가고일을 떠올렸다. 가고일의 모습을 마음속으로 그린 김호철이 눈을 떴다.

"가고일."

파지직! 파지직!

김호철의 몸에서 뿜어진 뇌전이 하나로 뭉치며 가고일을 만들어내기 시작했다.

갑자기 가고일이 나타나는 것에 사람들이 놀라 급히 뒤로 물러났다.

"몬스터다!"

"가고일이다!"

"가고일……."

이곳에 모여 있는 헌터들에게 가고일은 상대하기 어려울 정도로 강한 몬스터인 것이다.

가고일을 감탄 어린 눈으로 보던 조한석이 놀라 당황하는 사람들을 향해 소리쳤다.

"소환된 몬스터일 뿐이니 놀라지 마십시오."

조한석의 외침에 사람들이 그제야 진정하며 가고일을 바라보았다.

"가고일 소환……."

"대단한 사람이네. B급 가고일을 소환을 하다니."

"이야, 저 사람이 이번 임무에 같이 가면 안심되겠는데."

사람들이 가고일을 보며 수군거리는 것을 보며 김호철이 조한석을 바라보았다.

"가고일이 저를 태우고 날아다니면 되니 비행을 할 수 있습니다."

"가고일이라……. 비행도 가능하고 전투도 가능하니 일석이조군요."

고개를 끄덕인 조한석이 서류를 받아 거기에 임무 이름을 적었다.

"오늘 새벽 한 시에 남해로 출발할 겁니다."

"새벽 한 시에요?"

"남해에 있는 구름이 새벽 다섯 시쯤 비구름으로 바뀝니다. 그 전에 도착해서 끌고 와야 합니다."

"새벽 한 시라……. 그럼 열두 시에는 돌아와야겠군요."

"행복 사무소가 인천인데 굳이 갔다 다시 돌아올 필요 있겠습니까. 여기 건물에 능력자들 숙소가 있으니 거기서 시간 좀 보내다가 저녁에 밥도 같이합시다. 우리 구내식당 음식 잘 나와요."

웃으며 호의를 베푸는 조한석을 보며 김호철이 고개를 끄덕였다.

"알겠습니다."

"그럼 잠시 여기서 기다리세요. 시험 보러온 사람들 체크 좀 하고 같이 내려갑시다."

조한석이 사람들에게 다가가자 김호철이 옥상 구석에 가서 앉았다. 그리고 잠시 기다리자 조한석이 사내 둘을 데리고 다가왔다.

"이 두 분이 이번 의뢰를 같이할 분입니다."

"서현기입니다."

"오두수입니다."

두 사람이 인사를 하는 것에 김호철도 일어나 말했다.

"김호철입니다."

그런 세 사람을 보며 조한석이 말했다.

"그럼 쉴 곳으로 안내해 드리겠습니다."

조한석이 앞장서서 걸어가자 김호철들이 그 뒤를 따라갔다.

새벽 한 시에 협회 건물에서 헬기 두 대가 출발하고 있었다.

두두두! 두두두!

헬기에 탄 김호철은 자신의 인생이 참 많이 바뀌었다는 것을 느꼈다.

'어제 헬기를 타고 오늘 헬기를 타고……. 참, 인생 신기하네.'

평범한 서민이었던 자신이 평생 타볼 것이라 생각을 하지 못했던 헬기를 어제도 타고 오늘도 타니 말이다.

"호철이 형."

창밖을 보던 김호철은 옆에서 자신을 부르는 소리에 고개를 돌렸다. 오늘 의뢰를 같이하기로 한 서현기가 그에게 초코바를 내밀고 있었다.

서현기는 전주에서 올라온 대학생이었다. 양궁을 하는데 눈을 다쳐서 그만뒀다가 능력을 각성해서 이쪽 길로 들어왔다고 한다.

"방금 밥 먹었잖아?"

"밥은 밥이고요."

서현기의 말에 김호철이 그를 보다가 초코바를 받았다. 비닐을 뜯어 초코바를 입에 넣은 김호철이 다시 창밖을 보자 서현기가 말을 걸었다.

"가고일이라……. 정말 좋겠어요."

가고일 소환을 들먹이는 서현기를 본 김호철이 다시 창밖으로 고개를 돌렸다. 조용한 김호철을 보며 서현기가 몇 마디 더 붙일까 하다가 초코바를 씹기 시작했다.

서현기가 조용해지자 김호철이 옆에서 날고 있는 헬기를 바라보았다.

김호철이 타고 있는 헬기는 호위, 옆에서 날고 있는 헬기는 기상조종 능력자와 그를 직접 호위하는 조한석이 타고 있었다. 기상조종 능력자는 아주 희귀한 존재라 특급 대우를 받는 것이다.

"만약 몬스터가 나타나면 기상조종 능력자가 착륙할 시간을 벌어주셔야 합니다."

기상조종 능력자가 안전하게 피할 시간을 벌어주는 것이 그들의 임무였다.

'호위 임무인 줄 알았더니…… 잘못하면 화살받이 되겠는데.'

박천수나 행복 사무소 직원들도 없이 혼자 온 일이다 보니 은근히 긴장이 되었다.

그럼 김호철의 긴장감을 느꼈는지 옆에 있던 조선 길드 소속의 채병한이 그를 바라보았다.

"너무 긴장하지 마시게. 비행 몬스터가 나타나는 경우는 아주 드문 일이니."

"그렇습니까?"

"비행 몬스터가 자주 나온다면 고작 능력자 다섯이 호위라고 따르겠나. 우리는 만약을 대비해 온 것일 뿐이니 그리 걱정하지 말게."

채병한의 말에 조금은 긴장이 풀린 김호철이 그를 보다가 물었다.

"그런데 조선 길드분들은 한복이 유니폼입니까?"

김호철의 말에 채병한이 피식 웃으며 자신이 입고 있는 옷을 바라보았다. 자신이 입고 있는 한복을 보던 채병한이 말했다.

"우리 마스터 취향이라 길드에 들어오면 한 벌씩 해주시지. 그렇다 보니 누가 강제한 것도 아닌데 의뢰를 나갈 때면 이렇게 한복으로 차려입게 되더군."

"그렇군요."

이런저런 이야기를 나누며 헬기를 타고 가던 사이 조종사가 고개를 돌렸다.

"십 분 후 남해에 도착합니다. 능력자분들, 준비들 하십시오!"

조종사의 외침에 채병한이 일행들을 바라보았다.

"몬스터가 나오게 되면 내가 라이트닝 마법으로 포인트를 정해줄 겁니다. 모두 그쪽으로 일제 공격을 해주시면 됩니다. 하지만 제가 공격을 하기 전에는 공격을 하시면 안 됩니다."

채병한이 일행들에게 주의를 주고는 한쪽에 걸려 있는 헤드셋을 나누어 주었다.

일행들이 헤드셋을 머리에 끼우는 것을 확인한 채병한도 헤드셋을 쓰고는 헬기 문을 열었다.

두두두두!

문을 열자 미친 듯한 바람과 함께 프로펠러 돌아가는 소리가 요란하게 들려왔다.

―우리는 구름보다 낮게 날며 몬스터가 접근하는지 확인을 합니다. 내륙에 들어가는 십 분 정도가 가장 위험하니 정신 바짝 차리십시오.

헤드셋을 통해 들려오는 채병한의 외침에 김호철이 K2를 꺼내 장전을 했다.

철컥!

이제 임무 시작이었다.

조한석의 배려로 총알을 보급받아 탄알 걱정은 없었다. 게다가 조한석은 한 가지를 더 주었다. 바로 야간 투시 기능이 있는 조준경이었다.

조준경의 뚜껑을 오픈한 김호철이 밤하늘을 주시할 때 채병한이 헬기 천장에 달린 줄을 그의 허리춤에 매달았다.

철컥!

－아! 깜빡했습니다.

문이 열리면 안전줄을 착용하라는 말을 들었는데 미처 생각을 하지 못한 것이다.

－가고일을 소환할 수 있는 것은 알지만 안전은 안전할 때 지키는 것이 제일입니다.

－알겠습니다.

고개를 끄덕이는 김호철에게서 고개를 돌린 채병한이 밤하늘을 바라보았다.

두두두두!

남해 바닷가에 도착한 헬기는 곧 뇌운이 번뜩이는 검은 구름을 향해 다가가기 시작했다.

－호위기, 지금부터 육지로 돌아갈 때까지가 가장 위험합니다. 안전 주의하면서 주변 감시 철저히 해주시기 바랍니다.

기상 능력자와 함께 헬기를 탄 조한석의 무전에 채병한이 고개를 끄덕이고는 일행들을 향해 고개를 돌렸다.

-지금부터 긴장들 하세요!

채병한의 말에 김호철을 비롯한 일행들이 밤하늘을 긴장된 눈으로 바라보았다.

비구름 운송 의뢰 작업에서 가장 위험한 상황이 바로 바다에 들어가 비구름과 접촉했을 때다. 바다에 떠 있는 무인도에서 숨어 살던 비행 몬스터들이 비구름에 작업을 하는 기상 능력자의 마나에 반응을 해 튀어나오는 것이다.

긴장된 눈으로 밤하늘을 주시하는 일행들을 힐끗 본 채병한이 고개를 끄덕였다.

'이제는 내 차례군.'

속으로 중얼거린 채병한이 헬기 밖으로 몸을 내밀었다. 그리고 눈을 감은 채병한이 주먹을 움켜쥐었다.

'세 번째 눈.'

번쩍!

채병한의 이마가 벌어지며 금색의 눈동자가 모습을 드러냈다.

금안(金眼)을 번뜩이며 주위를 감시하는 채병한의 모습을 김호철이 신기하다는 듯 바라보았다.

'이마에서 눈이 나오다니……. 능력자들은 정말 신기한 사

람들이구나.'

이제 자신도 능력자가 되었지만 아직도 능력자는 신기하고 특이한 존재인 것이다.

그런 김호철의 시선을 아는지 모르는지 채병한은 연신 금안을 번뜩이며 주위를 살피고 있었다.

4장
와이번 출현

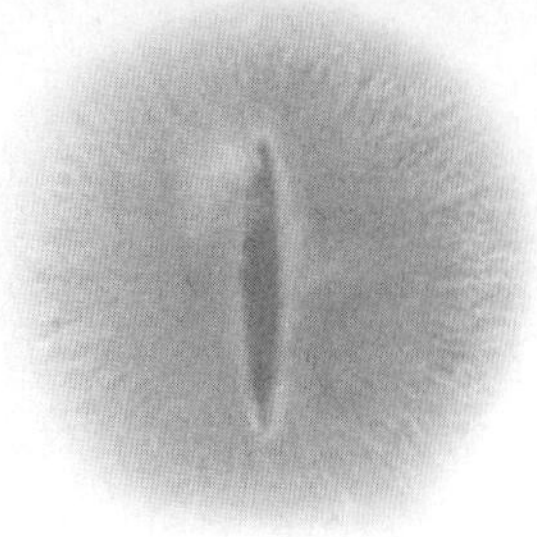

채병한처럼 김호철도 주위를 유심히 살피고 있었다.

하지만 어두운 밤, 그것도 비를 가득 머금은 검은 구름 밑을 날고 있다 보니 주위에 보이는 것이라고는 아무것도 없었다.

그나마 야간 투시경이 달린 조준경이 있어 조금은 눈에 들어오기는 했지만 그것도 제대로 보이는 것은 아니었다.

'몬스터가 바로 앞에 다가와도 모르겠다.'

조준경으로 보는 세상이 답답한 김호철이 눈을 떼어냈다. 그러고는 슬쩍 헬기 밖으로 고개를 내밀어 위를 바라보았다.

기상 능력자 작업을 시작했는지 구름이 빠르게 북쪽으로 향하고 있었다.

그런 구름을 보던 김호철의 눈에 이상한 것이 보였다.

번쩍!

번개가 번쩍인 순간, 마치 배트맨 마크 같은 것이 구름 사이로 보인 것이다.

"저건 뭐지?"

의아한 눈으로 하늘을 보는 김호철의 시선에 채병한이 주위를 살피며 말했다.

-뭘 봤습니까?

채병한의 말에 김호철이 밤하늘을 가리켰다.

-배트맨 마크 같은 것을 봤습니다.

-배트맨 마크?

의아한 듯 김호철을 힐끗 봤던 채병한의 얼굴이 굳어졌다. 배트맨 마크라는 것이 뭔지 깨달은 것이다.

-제길! 몬스터가 나타났습니다. 모두 준비!

말과 함께 채병한이 헤드셋 버튼을 눌렀다.

-구름 위에 몬스터가 나타났습니다.

채병한의 무전에 조한석의 목소리가 들려왔다.

-우리는 하강한다. 병한이는 몬스터 확인 후 퇴치 가능하면 퇴치하고 아니면 후퇴한다.

-알겠습니다.

무전이 끝나는 것과 함께 구름에서 헬기 한 대가 빠르게 하강을 시작했다.

그리고 그 헬기의 옆에 채병한의 헬기가 따라붙었다.

-구름 쪽을 모두 살피세요.

팀원들에게 지시를 내린 채병한이 양손을 합장했다가 하늘 위를 향해 크게 벌렸다.

화아악!

그러자 채병한의 손에서 뿜어진 빛이 구름을 비추기 시작했다.

화아악! 화아악!

손에서 뿜어지는 빛이 구름을 비추는 것과 동시에 채병한의 눈이 번쩍 뜨였다.

-와이번!

헤드셋을 찢을 듯 크게 들려오는 채병한의 외침에 팀원들의 시선이 모두 그를 향했다.

-와이번?

팀원들의 놀라는 시선과 함께 김호철도 채병한을 바라보고 있었다.

'와이번이라고?'

와이번은 김호철 그가 소환하는 데스 나이트, 오거와 함께 게이트 삼대장이라 불리는 비행형 최강 몬스터다.

사람들이 놀라 바라보는 것도 모른 채 하늘 위를 보던 채병한이 헤드셋을 잡았다.

–와이번…….

–이미 들었어. 후퇴한다! 후퇴!

조한석의 헬기가 선회를 하며 육지 쪽으로 방향을 잡으려는 순간 구름을 가르며 거대한 그림자가 떨어져 내려왔다.

"쿠와아아앙!"

우렁찬 괴성을 지르며 떨어지는 와이번의 모습에 김호철의 입이 쩍 벌어졌다.

지상형 몬스터와 같은 경우 TV를 통해 자주 봤기에 어느 정도 익숙하다. 하지만 비행형 몬스터의 경우 하늘을 날아다니기에 근접 촬영 같은 것은 꿈도 못 꾼다. 그래서 와이번은 멀리서 찍은 것만 봤는데 실제로 보니…… 어마어마했다.

와이번이 떨어져 내려오자 헬기 두 대가 빠르게 좌우로 갈라졌다.

우르르릉!

와이번이 그 사이로 떨어져 내리며 일으킨 바람에 헬기가 균형을 잃고 강하게 흔들렸다.

–으아악!

–하나님!

헤드셋을 통해 들려오는 팀원들의 괴성을 들으며 채병한이 소리쳤다.

－저희가 뒤를 맡겠습니다. 후퇴하세요!

채병한의 무전음에 조한석이 소리쳤다.

－일단 고도를 낮춰!

조한석의 무전을 들은 조종사가 빠르게 고도를 낮추기 시작했다. 혹시라도 와이번에게 격추될 경우 살아남을 확률을 높이려면 고도가 낮아야 한다.

조한석의 무전을 들은 김호철의 얼굴이 굳어졌다.

'격추된다.'

조한석의 지시는 격추될 것을 기정사실화하고 있었다.

'위험하다.'

헬기에 계속 타고 있으면 위험하다는 것을 안 김호철이 헬기 밖을 향해 손을 내밀었다.

"가고일!"

파지직! 파지직!

김호철의 손에서 뿜어진 뇌전이 허공에 뭉치며 가고일의 모습을 만들어냈다. 가고일이 모습을 드러내는 것을 본 김호철이 채병한을 향해 소리쳤다.

－제가 가고일을 타고 와이번의 주의를 끌겠습니다.

－위험한데…….

－위험하다 싶으면 몸을 피하겠습니다.

－알겠습니다.

물론 이것은 사실이 아니다. 헬기보다는 운신이 자유로운 가고일을 타고 상황을 볼 생각이었다. 어차피 오늘 처음 본 사람들 목숨을 걸고 싸워줄 이유는 없었다.

헬기와 함께 고도를 낮추며 나는 가고일을 향해 김호철이 몸을 날렸다.

"날 잡아!"

김호철의 외침에 가고일이 양팔로 그를 잡았다.

펄럭! 펄럭!

날개를 강하게 펄럭이며 자신의 무게를 지탱하는 가고일의 품에서 김호철이 버둥거렸다.

몸을 버둥거리며 중심을 잡은 김호철이 밑을 바라보았다. 어느새 가까워진 해수면 위로 와이번이 저공비행을 하고 있었다.

'빠르다.'

와이번의 속도는 아주 빨랐다.

쫘아악!

와이번이 날아가는 것과 함께 그 뒤로 해수면이 갈라지며 하얀 포말이 피어오를 정도로…….

그리고 와이번이 날개를 펄럭이자 그 몸이 빠르게 솟구치기 시작했다.

그 모습에 김호철도 가고일을 향해 소리쳤다.

"위로 솟구쳐!"

김호철의 외침에 가고일이 날개를 움직이며 빠르게 상승하기 시작했다.

화아악! 화아악!

가고일의 품에 안겨 높게 솟구치는 김호철은 밑을 주시했다.

"제기랄!"

말이 씨가 됐는지 와이번이 헬기를 지나쳐 그를 향해 날아오고 있었다.

그 모습에 김호철이 총구를 밑으로 향했다.

"뇌전!"

파지직! 파지직!

김호철의 외침과 함께 손에서 뿜어진 뇌전이 총을 감쌌다. 그리고 그 뇌전에 영향을 받았는지 가고일의 몸에서도 뇌전이 뿜어져 나오기 시작했다.

어두컴컴한 밤하늘에 가고일과 김호철만이 빛을 내며 주위를 밝혔다.

유난이 어두운 밤하늘에 유난이 더 잘 보이는 표적은 와이번을 더욱 빠르게 만들었다. 와이번이 더욱 빠르게 날개를 펄럭이며 상승하기 시작했다.

"크아앙!"

흉폭한 괴성을 지르며 날아오는 와이번을 향해 김호철이 방아쇠를 당겼다.

타타타타탕!

김호철의 총구에서 뿜어진 뇌전의 탄들이 와이번을 향해 쏘아져 나갔다.

총알을 맞은 와이번의 몸으로 뇌전이 순간 퍼져 나갔다. 하지만 그것도 잠시 와이번의 날개가 더욱 크게 펄럭였다. 체구가 너무 크다 보니 뇌전의 탄에도 충격을 그다지 받지 않는 모양이었다.

빠르게 접근하는 와이번의 모습에 김호철의 머리가 빠르게 돌아갔다.

'가고일을 더 뽑아?'

김호철이 뽑을 수 있는 비행형 몬스터 가고일은 셋이다. 가고일을 생각하던 김호철이 이 상황에서 쓸 만한 몬스터들을 떠올렸다.

'데스 나이트? 아니야, 하늘에서 데스 나이트가 뭘 하겠어.'

처음 떠올린 것은 누가 뭐래도 김호철이 가장 믿는 데스 나이트다.

하지만 데스 나이트는 하늘을 날 수 없다.

김호철이 그런 생각을 하고 있을 때 와이번의 커다란 동체가 그를 향해 더 빠르게 접근해 오기 시작했다.

이제는 그 커다란 몸이 한눈에 들어오게 되자 김호철의 머리에 문득 이런 생각이 떠올랐다.

'일석이조.'

돌을 던져 두 마리의 새를 잡는다는 말이다.

와이번은 어떤 면으로는 새다. 하늘을 나는 거대한 새…….

그리고 김호철에게는 돌이 있다. 와이번이라는 새를 잡기에 충분한 크기를 가진 돌이 네 개나 있다.

머릿속에 골렘을 떠올린 김호철이 와이번을 향해 손을 내밀었다.

"골렘!"

파지직! 파지직!

김호철의 손에서 뿜어진 뇌전이 뭉쳐지며 만들어진 골렘이 그대로 떨어져 내렸다. 그 무게만큼이나 무겁고 빠르게 말이다.

골렘이 떨어져 오자 와이번의 눈이 커다래졌다. 갑자기 자신의 머리 위로 묵직한 커다란 돌덩어리가 떨어져 오니 말이다.

그에 와이번이 날개를 강하게 펄럭였다.

펄럭!

그러자 와이번의 몸이 옆으로 빠르게 움직였다.

부웅!

와이번이 있던 자리를 골렘이 뚫고 지나갔다. 하지만 김호철이 던질 수 있는 돌은 아직도 세 개나 남아 있었다. 그리고 그 골렘들은 이미 소환이 돼 와이번의 머리 위로 연속으로 떨어지고 있었다.

"크아아아!"

자신의 머리 위로 떨어지는 골렘에 와이번이 힘껏 날개를 펄럭였다. 하지만 와이번과 김호철의 거리는 이미 많이 가까워져 있었다.

부웅!

묵직한 소리와 함께 떨어지던 골렘 하나가 양팔을 강하게 내려찍었다.

쾅!

골렘의 팔이 와이번의 머리를 후려쳤다.

우두둑!

묵직한 소리와 함께 와이번의 머리가 아래로 강하게 꺾였다.

휘이익!

그것으로 자기 할 몫을 다했다는 듯 골렘이 빠르게 아래로 떨어졌다. 그리고 두 번째 떨어진 골렘이 와이번의 커다란 날개에 떨어졌다.

퍼억!

휘리릭!

그 충격에 와이번의 몸이 허공에서 크게 회전을 했다. 그런 와이번의 몸 위로 마지막 세 번째 골렘이 떨어졌다.

쾅!

묵직한 소리를 내며 와이번과 골렘이 빠르게 추락하기 시작했다.

그 모습에 김호철이 소리쳤다.

"쫓아!"

김호철의 외침에 가고일이 날개를 접었다.

파앗!

날개를 접고 몸을 움츠린 가고일이 빠르게 떨어져 내렸다.

휘리릭! 휘리릭!

허공에서 이리저리 뒹굴며 떨어지는 와이번을 빠르게 쫓는 가고일의 품에 안긴 김호철은 괴로웠다. 너무 빠르게 떨어지는 속도에 강한 바람 때문에 숨을 쉬기 어렵고 아랫도리가 찌릿찌릿했다. 마치 바이킹이 위에서 아래로 떨어질 때 거기가 찌릿찌릿한 것처럼 말이다.

'크으윽!'

신음을 흘리며 빠르게 떨어지던 김호철과 가고일은 드디어 와이번의 옆에 위치할 수 있었다.

"골렘! 와이번의 날개를 뜯어내!"

김호철의 외침에 와이번의 날개를 붙잡은 채 같이 떨어지고 있던 골렘이 손을 움직였다.

쭈우욱! 쭈우욱!

골렘의 손에 박쥐의 날개처럼 피막으로 이루어진 와이번의 날개막이 찢겨지기 시작했다.

"크아아앙!"

날개막이 찢겨지는 고통에 정신을 차린 와이번이 몸을 정신없이 흔들었다. 하지만 이미 한 번 추락하기 시작해 중심을 잡지 못한 와이번이다.

게다가 그 위에 5톤, 아니, 10톤은 될 듯한 무게를 가진 골렘이 올라타고 있다. 중심을 잡기는 불가능에 가까웠다.

하지만 효과는 있었다. 와이번이 몸을 거칠게 움직이며 바둥거리자 골렘이 그 충격에 튕겨져 나간 것이다.

파앗!

와이번의 날개에서 튕겨져 나가는 골렘의 모습에 김호철이 소리쳤다.

"골렘! 돌아와!"

김호철의 외침에 골렘이 뇌전이 되어 그에게 돌아왔다.

파지직!

골렘이 몸에 스며드는 것과 함께 김호철이 다시 손을 내밀었다.

"골렘!"

파지직!

김호철의 손에서 뿜어진 뇌전이 와이번의 머리 위에서 뭉치더니 골렘으로 변했다.

"후려쳐!"

김호철의 명령에 떨어져 내리던 골렘이 그대로 와이번의 머리를 후려쳤다.

퍽!

"크아앙!"

비명을 지르며 떨어지는 와이번을 보며 김호철은 좋은 생각이 떠올랐다. 김호철이 와이번을 향해 손을 가리키고는 소리쳤다.

"데스 나이트! 망치!"

파지직! 파지직!

김호철의 손에서 뿜어진 뇌전이 망치를 든 데스 나이트를 만들어냈다.

"후려쳐!"

김호철의 외침에 데스 나이트가 와이번의 머리를 망치로 후려쳤다.

퍼억! 꽈직!

데스 나이트의 망치질과 함께 뼈 부러지는 소리가 요란하게 들려왔다.

'됐어!'

속으로 중얼거린 김호철이 데스 나이트를 불러들였다. 하지만 그것이 끝이 아니었다.

김호철은 연신 데스 나이트를 소환해 와이번을 패고 역소환하고 다시 소환해 때리고를 반복했다. 혹시라도 와이번이 살아남는다면 그것도 골치 아프니 말이다.

그렇게 몇 번을 반복하자 와이번의 머리는 흔적도 없이 뭉개져 버렸다.

"가고일 날아!"

어느새 가까워진 수면에 김호철이 소리를 지르자 가고일이 날개를 활짝 펼쳤다.

펄럭!

날개가 펼쳐지며 김호철은 떨어질 것 같은 충격을 받았다.

"크윽!"

신음을 흘리며 가고일의 몸을 부여잡은 김호철의 눈에 와이번이 바다에 처박히는 것이 보였다.

꽝!

거대한 소리와 함께 바다에 떨어진 와이번과 함께 커다란 물보라가 솟구쳤다.

쏴아악!

그 거대한 물보라를 뚫고 날아간 가고일이 날개를 펄럭이며 와이번이 빠진 물 위를 선회했다.

물 위를 선회하던 김호철의 눈에 떠오르는 와이번이 눈에 들어왔다. 와이번의 몸 위에는 데스 나이트가 서 있었다.

“저기 위로 올라가.”

김호철의 명령에 가고일이 와이번의 몸 위에 내려섰다. 워낙 큰 몸이라 김호철이 서 있어도 안전감이 있었다.

“데스 나이트, 마나석 꺼내.”

김호철의 명령에 데스 나이트가 손으로 와이번의 몸을 찢어발기기 시작했다. 그리고 잠시 후 데스 나이트가 와이번의 몸 안에서 커다란 마나석 하나를 꺼내 나왔다.

“나이스!”

와이번은 A급 몬스터다. 그 말은 이 마나석이 수십억의 가치를 가진다는 말이었다.

게다가 다른 자들과 나눌 필요도 없다. 같은 임무를 맡고 왔다 해도 그 혼자 잡은 거나 마찬가지인 와이번의 마나석을 남과 나눌 생각은 김호철에게 전혀 없는 것이다.

마나석을 받아 가방에 집어넣고 흐뭇한 미소를 짓던 김호철에게 빛이 쏟아졌다.

그에 고개를 드니 하늘 위에서 헬기가 그에게 조명을 쏘며 하강을 하고 있었다.

"김호철 씨, 괜찮습니까!"

헬기에서 스피커를 통해 들려오는 소리에 김호철이 양팔을 모아 원을 그렸다.

"데스 나이트, 골렘 돌아와!"

김호철의 말에 데스 나이트가 뇌전이 되어 그의 몸으로 빨려 들어왔다.

그런데…….

'골렘 이것들은 왜 안 오지?'

김호철이 꺼낸 골렘은 넷이다. 그런데 돌아온 것은 데스 나이트뿐인 것이다.

아무래도…… 바다에 빠져 버린 모양이었다. 하긴 돌로 만들어진 골렘이 바다에 빠졌으니…….

'내 소리가 안 들려서 못 오는 건가? 그럼…… 골렘 잃어버린 거야?'

그런 생각이 들자 김호철은 속이 쓰렸다.

"제기랄!"

골렘은 쓸 만한 몬스터다. 그런데…… 바다에 빠져 잃어버린 것이다.

욕설을 토한 김호철이 바다를 바라보았다. 아무래도 골렘을 찾는 것은 무리일 것 같았다.

이 넓은 바다 어디에 어떻게 빠져 있을지 모르는 골렘을 어떻게 찾는다는 말인가.

"골렘! 돌아와!"

골렘을 찾아 몇 번 고함을 질렀지만 아무런 반응이 없었다.

김호철이 바다를 보고 있을 때 헬기에서 다시 소리가 들려왔다.

"김호철 씨, 올라와요!"

헬기에서 들리는 소리에 김호철이 바다를 보다가 한숨을 쉬고는 고개를 저었다.

"소환 시간이 지나면 돌아오기를 바랄 수밖에……. 그런데 소환 시간이 있기는 한 건지 모르겠네."

시간이 오래돼서 몬스터들이 돌아온 적은 없는 것이다. 하지만 지금 상황에서는 별다른 방법이 없었다.

이 바다 어디에 골렘이 빠졌는지 모르니 말이다. 작게 고개를 저은 김호철이 가고일을 불러 그 품에 안겼다. 딱딱한 가고일의 품에 안겨 하늘을 날아간 김호철이 헬기의 옆으로 움직였다.

그런 김호철에게 채병한의 목소리가 들려왔다.

"와이번을 제거하시다니 정말 대단하십니다."

"운이 좋았습니다."

하지만 김호철의 목소리는 헬기 소리와 바람에 묻혀 채병한에게는 들리지 않았다. 채병한의 목소리야 헬기의 스피커를 통해 들리는 것이지만 김호철의 목소리는 생목으로 들리는 것이니 들릴 턱이 없는 것이다.

그에 채병한이 손으로 엑스 자를 그리며 말했다.

"김호철 씨, 소리가 들리지 않습니다. 와이번을 제거했으니 운송 의뢰는 다시 재개합니다. 김호철 씨는 가고일을 타고 저희와 같이 수평 비행을 하면 됩니다."

채병한의 말에 김호철이 하늘을 힐끗 바라보았다. 하늘에 떠 있는 구름은 다시 기상 능력자의 수중에 들어갔는지 북쪽으로 빠르게 움직이고 있었다.

그것을 보며 가고일을 헬기와 수평 비행하게 한 김호철이 바다를 바라보았다.

'골렘을 찾아야 하는데…….'

잠시 생각을 하던 김호철이 눈을 감았다.

'생각은 능력이 되고…… 이미지는 힘이 된다.'

그리고 생각과 이미지에는 한계가 없는 것이다.

박천수가 했던 말을 떠올리며 김호철이 골렘을 떠올렸다. 골렘의 모습을 떠올리고 그 느낌을 생각하던 김호철이 바다를 바라보았다.

'너희의 존재를 나에게 보여줘.'

김호철은 지금 목소리가 아닌 생각과 마음으로 골렘을 부르고 있는 것이다.

정신을 집중하고 검은 바다를 응시하던 김호철이 한숨을 쉬었다. 아무런 느낌도 들지 않는 것이다.

"휴! 하긴 처음부터 될 일이 없지."

생각은 능력이 되고 이미지는 힘이 된다는 말 좋은 말이고 좋은 조언이다.

하지만 그 말대로 생각과 이미지만 잘한다고 모두 능력이 되고 힘이 된다면 이 세상에 약할 능력자는 아무도 없을 것이다.

"골렘……. 으으윽! 아까워 죽겠네!"

생각을 할수록 바다에 빠진 골렘이 아까웠다. 아무리 와이번의 마나석을 얻었다 해도 말이다.

강원도 도청 옥상에는 천막이 쳐져 있었다.

천막 안에는 도지사와 강원도 국회의원들이 다과를 먹으며 하늘에서 내리는 비를 즐기고 있었다.

"하하하! 비가 시원하게 내리는군요."

"이게 다 정 의원님께서 힘써주신 덕입니다."

"아닙니다. 도민들이 단수로 고생하는데 이제야 비를 가져오게 돼서 미안할 뿐입니다."

"비구름을 가져오는 것이 어디 쉬운 일이겠습니까. 일본과 중국과도 협상을 해야 하고 다른 팔도와도 경쟁을 해야 하는 일인데 아주 큰일을 해주셨습니다."

비구름을 가져오는 것은 기상 능력자가 있다고 해서 함부로 할 수 있는 일이 아니다. 여러 가지 제약 사항이 있는 것이다. 타국이나 타 지역과의 강수 문제 같은 것이 말이다.

국회의원들이 하는 이야기를 귓등으로 들으며 김호철이 옆에 있는 조한석을 바라보았다.

"일이 언제 끝나는 것입니까?"

"비가 그치면 헬기 타고 돌아갈 것입니다."

"돈은?"

돈 이야기에 서현기도 궁금한 듯 조한석을 바라보았다.

"협회에 돌아가 임무 확인서를 제출하면 바로 입금이 됩니다."

그러고는 조한석이 김호철을 보며 말을 이었다.

"그리고 김호철 씨는 와이번 퇴치 보너스 오억이 따로 입금이 됩니다."

"오억?"

"임무란에 적혀 있지 않았습니까. 출현하는 몬스터에 따라 등급별 보너스 지급."

"아!"

그 항목을 떠올린 김호철이 미소를 짓자 서현기가 급히 말했다.

"저희는?"

자신들도 받는 것이냐는 서현기의 말에 조한석이 고개를 저었다.

"보통 팀으로 몬스터를 잡으면 보너스를 N분의 일을 하지만 이번에는 김호철 씨 외에는 한 일이 없지 않습니까?"

"아……."

조한석의 말에 서현기의 얼굴에 아쉬움이 어렸다. 그리고 곧 서현기가 부럽다는 듯 김호철을 바라보았다.

"오억에 와이번 마나석까지……. 형님, 대박이십니다."

서현기의 말에 김호철이 웃었다. 골렘을 잃어버리기는 했지만 그 말대로 대박인 것이다.

'보수 일억에 보너스 오억, 거기에 와이번 마나석까지…….'

최소한 삼십억은 버는 장사가 된 것이다.

'앞으로 이렇게 주욱 가 보자.'

딸랑!

방울 소리와 함께 수정 카페에 들어선 김호철은 무척 피곤했다.

능력자 협회에서 임무 확인서를 제출한 김호철은 택시를 타고 수정 카페로 돌아왔다.

"일 잘하고 오셨어요?"

늘 있는 자리에서 잔을 닦고 있던 마리아의 환영을 받으며 김호철이 고개를 끄덕이며 자리에 앉았다.

"달달한 것으로 한 잔 주시겠어요? 피곤해서 달달한 것 한 잔 먹고 푹 자야겠네요."

"돈 벌어오셨는데 그 정도는 해야죠."

마리아의 말에 김호철이 마침 잘되었다는 듯 그녀를 바라보았다.

"이번 임무에서 얻은 마나석입니다."

딱!

김호철이 꺼내 놓은 마나석을 본 마리아가 눈을 반짝였다.

"호오! 이거 와이번 마나석이네요."

마나석을 보며 마리아가 김호철을 바라보았다.

"어떻게, 처분해 드려요?"

"네."

마음 같아서는 와이번을 부릴 수 있게 해주는 마나석이니 먹고 싶었다. 하지만 지금 당장은 빚쟁이다.

'그리고 비행형은 가고일도 있으니…….'

속으로 중얼거린 김호철이 마리아를 바라보았다.

"얼마나 하겠습니까?"

"A급이기는 한데 속성은 없고…… 한 이십일억 정도 하겠네요."

"처분하고 박천수 팀장님 계좌에 제 명의로 일억 넣어주세요. 빌린 것이 있습니다."

"그렇게 할게요. 그럼 전에 드린 마나석 대금도 여기서 뺄까요?"

"그렇게 해주십시오."

"알겠어요.

"그럼 앞으로도 열심히 하세요."

웃으며 마리아가 음료수 잔을 손가락으로 살짝 밀어주었다. 그에 김호철이 바닐라 쉐이크를 단숨에 마시고는 마리아를 바라보았다.

"그런데 이번에는 수수료 받지 않습니까?"

김호철의 물음에 마리아가 웃으며 고개를 저었다.

"혼자 가서 일하고 오신 건데 이런 일에까지 수수료를 받으면 사무소에 누가 남겠어요."

"그럼 수수료는 게이트에 갔을 때만 내는 겁니까?"

"게이트에 혼자 갔을 때는 안 내도 돼요. 대신 우리 직원들과 팀을 이뤄 갔을 때는 내셔야 돼요. 그래서 박 팀장님이 혼자 다니시잖아요. 수수료 아까워서."

싱긋 웃는 마리아의 모습에 김호철이 고개를 끄덕였다.

'그래서 박 팀장님만 팀원 없이 혼자 다니는 거군.'

"하지만 어지간하면 혼자 다니지 마세요."

김호철이 마리아를 바라보자 그녀가 말을 이었다.

"박 팀장님이야 워낙 베테랑이라 혼자 다니는 것이지 다른 직원들은 혼자 안 다녀요."

"박천만 팀장님과 고윤희 팀장님도 혼자 안 다닙니까? 그 두 분도 무척 강하신데."

"이건 강하고 약하고의 문제가 아니에요. 능력의 상성 문제예요. 가위바위보하고 같은 거죠."

"상성 문제……."

김호철을 보며 마리아가 설명을 해주었다.

"당연한 말이겠지만 게이트에서 가장 위험한 상황은 몬스터들에게 포위당했을 때예요."

마리아가 물잔에서 손가락을 담갔다가 바에 둥근 원을 그렸다. 그러고는 그 원 안에 손가락을 댄 마리아가 말했다.

"박천만 팀장님과 고윤희 팀장님이 강하기는 하지만 두 분 다 근접 전투를 해야 해요. 그래서 몬스터와 싸우다 포위를 당할 수 있어요."

김호철을 보며 마리아가 손가락에 물을 묻혀 원 옆에 선 몇 개를 만들었다.

"하지만 박천수 팀장님은 이렇게 건물 안이나 골목 뒤에 숨어서 담배를 쪽쪽 피우면 끝이에요. 몬스터들에게 발각이 되지 않고 사냥을 하거나 마나석을 채취할 수 있는 거죠."

"아……."

고개를 끄덕이는 김호철을 보며 마리아가 잠시 생각을 하다가 입을 열었다.

"김호철 씨가 만약 혼자 게이트를 가게 된다면 강한 몬스터들보다는 적당한 놈들로 많이 뽑으세요."

"많이?"

"상황에 따라 다르겠지만 최소한 두 개체 이상의 몬스터는 김호철 씨 옆에 늘 있게 하세요. 그리고 만약 김호철 씨 옆에 있는 두 개체의 몬스터가 게이트 몬스터와 싸우게 되면 바로 달아나세요."

"도망?"

"호위 몬스터가 게이트 몬스터와 싸우게 된다면 그만큼 밀리고 있는 상황이에요."

"그렇겠죠."

"김호철 씨의 가장 큰 무기는 몬스터 소환이에요. 그리고 두 번째 무기는 뇌전을 이용한 원거리 공격……. 김호철 씨의 가장 큰 무기가 밀리고 있다면 도주가 맞아요."

도주라는 말에 김호철이 잠시 생각을 하다 고개를 끄덕였다. 자신이 뽑아 놓은 몬스터들을 뚫고 게이트 몬스터들이 밀고 들어온다면 도망가는 것이 나았다.

'하긴 그런 상황이라면 도망가는 게 낫겠구나.'

그런 김호철을 보며 마리아가 말했다.

"김호철 씨의 몬스터 소환 능력은 대단해요. 하지만 아직은 그 대단한 능력을 활용할 수 있는 경험과 센스는…… 턱없이 부족해요."

"알겠습니다."

"하지만 경험과 센스는 시간이 지나다 보면 자연스럽게 쌓일 것이니 너무 걱정하지 마세요."

미소를 지으며 마리아가 잔에 물을 따라주며 말했다.

"더 필요하신 것 있으세요?"

마리아의 물음에 김호철이 잠시 생각을 하다가 말했다.

"혹시 주위에 몬스터 소환을 하는 능력자 아시는 분 있습니까?"

"흠…… 하긴 김호철 씨가 자기 능력에 대해 모르는 편이기는 하죠."

마리아의 말에 김호철이 고개를 끄덕였다.

"그래서 좀 알아보려 합니다."

김호철을 잠시 보며 생각을 하던 마리아가 고개를 저었다.

"우리나라에도 몬스터를 소환하는 이가 몇 있기는 하지만…… 그들이 김호철 씨에게 자신들 방법을 알려줄 것 같지는 않아요."

"돈을 줘도 안 알려줄까요?"

"후! 돈을 얼마나 주시려고요?"

마리아의 물음에 김호철이 잠시 생각을 하다가 입을 열었다.

"일억이면……."

"전투에 관련된 능력을 가진 능력자들이 보통 일을 나가면 받는 것이 일억이에요. 자기 노하우를 고작 일억에 알려줄 능력자가 있을 거라 생각하세요?"

"그럼 얼마나?"

"글쎄요. 하지만 억 단위는 아닐 거예요."

"그럼 십억?"

"십억이라……. 그것도 잘 모르겠네요."

마리아가 고개를 젓을 때 카페 문이 열리며 새하얀 원피스를 입은 고윤희가 양손에 쇼핑백을 잔뜩 들고 안으로 들어왔다.

고윤희는 여전히 청순했다. 거기에 새하얀 원피스까지 입으니 그 청순함이 뚝뚝 떨어지는 것 같았다. 물론 겉과 속은 전혀 다르지만 말이다.

"호철이 왔네."

웃으며 쇼핑백들을 바 위에 올려놓는 고윤희의 모습에 마리아가 눈을 찡그렸다.

"볼일 있다고 하더니 쇼핑하고 오신 거예요?"

"돈 벌어서 뭐해. 사고 싶은 거나 사야지."

웃으며 고윤희가 쇼핑백 중 하나를 마리아에게 내밀었다.

"너하고 어울릴 것 같아서 하나 샀어."

고윤희가 주는 쇼핑백에 언제 화를 냈냐는 듯 미소를 지었다.

"고마워요."

웃으며 쇼핑백을 열자 안에는 붉은색 여성 속옷이 들어 있었다.

"어머!"

깜짝 놀라 속옷을 다시 쇼핑백에 넣는 마리아를 보며 고윤희가 웃었다.

"능력 쓸 일도 없는데 맨날 그 칙칙한 방화 속옷만 입냐? 그러다 거기에 곰팡이 핀다."

"언니!"

버럭 고함을 지르는 마리아를 보며 손을 휘저은 고윤희가 웃으며 말했다.

"그 속옷 명품이야. 너하고 어울리는 빨간색으로 골랐으니까. 적당한 놈 골라서 보여줘. 환장할 테니까."

"보여주기는 누굴 보여줘요! 그리고 나 미성년자예요."

"그 몸뚱이 가지고 미성년이라고 하면 네가 나쁜 년이지. 아껴도 곰팡이 슨다."

"이!"

소리를 지르려는 마리아를 보며 웃은 고윤희가 김호철을 바라보았다.

"그래, 일은 재밌었어?"

"쉽지 않았습니다."

"몬스터라도 나온 모양이지?"

"와이번이 나타났습니다."

"호오!"

작게 탄성을 토한 고윤희가 웃었다.

"비행형 몬스터는 상대하기가 쉽지 않은데 잘 잡아냈네. 어떻게 잡았어?"

"하늘에서 돌을 던져 잡았습니다."

"돌?"

의아해하는 고윤희처럼 마리아도 호기심이 생긴 듯 김호철을 바라보았다. 그런 두 사람의 시선에 김호철이 와이번과 싸운 이야기를 해주었다. 그 이야기를 들은 고윤희가 웃었다.

"이야, 하늘에서 골렘을 떨어뜨려 잡다니 대단하네."

"그러게요. 하늘에서 날지 못하는 골렘을 소환하다니…… 발상이 좋네요."

"이것저것 생각하다 보니 얻어 걸렸습니다."

김호철의 말에 고윤희가 고개를 저었다.

"생각을 했다는 것이 대단한 거야. 박천수 팀장이 늘 하는 말 알지?"

"생각은 능력이 되고 이미지는 힘이 된다."

"맞아. 나는 각성자나 그런 것이 아니라서 생각이 능력이 되지는 않지만 생각과 이미지가 힘이 되기는 하지."

"무공에도 이미지가 중요합니까?"

"권투 선수들도 쉐도우 복싱 같은 것 하잖아. 그것도 따지고 보면 이미지 트레이닝이지. 무공도 마찬가지야. 어떻게 쓸지 한 번 더 생각을 하고 이미지화하는 것이 실전에서 활용도가 더 커지지."

그러고는 고윤희가 쇼핑백들을 챙기고는 말했다.

"호철이는 각성자니까. 잘 생각해 봐. 몬스터들도 어차피 호철이의 능력 생각과 이미지에 영향을 받는 놈들이니까."

말과 함께 고윤희가 계단을 올라가기 시작했다. 그런 고윤희를 보던 김호철이 문득 마리아를 바라보았다.

"그런데 고윤희 씨는 나이가 몇입니까?"

"여자 나이 함부로 물어보면 안 되는 것도 모르세요?"

웃으며 속옷이 들어 있는 쇼핑백을 슬며시 아래로 내린 마리아가 작게 말했다.

"스물셋이에요. 저한테 들었다고 하지 마세요."

마리아의 말에 김호철이 눈을 찡그렸다.

"저보다…… 세 살이나 어리군요."

김호철의 나이 스물여섯 고윤희에게 호철이 호철이라고 불릴 나이는 아닌 것이다.

'이런 싸가지 없는 청순한 년…….'

5장
습격

하루를 푹 쉰 김호철은 아침 일찍 강남에 있는 이규대의 사무실에 도착했다.

'오늘은 성과가 있어야 할 텐데…….'

이규대 사무소가 있는 빌딩을 보던 김호철이 동생을 오늘은 찾을 수 있기를 바라며 건물 안으로 들어섰다.

우우웅! 우우우!

건물 안에 들어가던 김호철은 진동이 오는 것에 핸드폰을 꺼냈다.

[변신하면 예쁜이]

'변신하면 예쁜이?'

누군가 잠시 생각을 하던 김호철은 곧 전화를 한 사람이 누구인지 알았다. 능력자 자격증 시험에서 만난 신체강화 능력자 이영미였다.

"여보세요."

-저 기억하세요?

"그럼요. 능력자 자격시험 같이 본 이영미 씨 아닙니까."

-연락 기다렸는데 하도 연락을 안 하셔서 제가 먼저 했어요.

이영미의 말에 김호철은 조금 기분이 좋았다.

여자가 자신의 연락을 기다렸다는 말…… 정말 오랜만에 듣는 말이다.

'이 매력 아직 죽지 않았군.'

속으로 흐뭇한 미소를 지은 김호철이 말했다.

"그동안 좀 바빴습니다."

-그동안 뭐 하고 지내셨는데요?

"사무소에 가입하고 헌터 일 하고 있었습니다."

-어머! 벌써 헌터 일을 하고 계세요?

능력자 자격증을 딴 지 얼마 되지도 않았는데 일을 하고 있다니 놀란 것이다.

그런 이영미의 목소리를 들으며 김호철이 엘리베이터 버

튼을 눌렀다. 엘리베이터가 내려오기를 기다리며 김호철이 이영미와 통화를 이어 나갔다.

“SG 훈련소는 괜찮습니까?”

－대부분 능력을 사용하는 이론과 몬스터 특징 교육이라 머리 아픈 것 빼고는 힘들지는 않아요.

“몬스터 특징 교육이라……. 실전 훈련은 안 합니까?”

－실전은 3주 차 때 하는데 그때는 좀 힘들다는데…… 못 할 것도 없겠죠.

스르륵!

엘리베이터 문이 열리자 안에 탄 김호철이 이규대 사무소가 있는 층 버튼을 눌렀다.

－돈은 많이 벌었어요?

“사람들이 왜 헌터 헌터 하는지 알 만큼은 벌었습니다.”

－우와……. 나도 빨리 4주 훈련 끝나고 돈 벌고 싶네요.

“SG 훈련이 4주밖에 안 됩니까?”

－4주면 충분하고도 남죠. 4주 후면 저도 SG로 실전에 투입되니까. 그때부터는 저도 돈을 엄청 벌 거예요.

“돈도 좋지만 목숨이 먼저입니다.”

－그래야죠. 그나저나 돈도 많이 벌었으면 맛있는 것 좀 사주세요.

“교육 기간에 남자 만나도 되는 겁니까.”

스르륵!

엘리베이터 문이 열리는 것에 김호철이 걸음을 옮겼다.

－군대도 아니고 상관…….

웃으며 말을 하는 이영미의 목소리는 그다음부터 들려오지 않았다. 엘리베이터를 나서는 김호철의 뒤통수를 누군가가 후려친 것이다.

퍽!

스르륵!

그대로 기절을 해 쓰러지는 김호철은 한 사내가 안아 들었다.

툭!

－그래서 이번 주…….

전화기에서 들려오는 소리에 사내가 다리를 들어 그대로 찍었다.

콰직!

의식을 잃은 김호철을 안아 든 사내가 그를 이규대 사무실 안으로 데리고 들어갔다.

사무실 안에는 몇몇의 사람이 더 있었다. 중년의 부유해 보이는 여인 둘이 기절을 한 채 쓰러져 있었고 한쪽에는 이규대가 앉아 있었다.

그리고 그런 이규대의 앞에 김호철을 쓰러뜨린 사내처럼

검은 정장을 입은 사내 둘이 더 서 있었다.

이규대의 모습은 심히 보기 좋지 않았다. 얼굴은 온통 피범벅이었고 입고 있는 옷에도 핏자국이 선명했다.

"하아! 하아!"

거친 숨을 몰아쉬는 이규대 앞에 김호철을 던진 사내가 뒤로 물러났다.

그러자 이규대 앞에 있던 사내가 그를 향해 입을 열었다.

"이분입니까?"

조금은 어색한 한국말을 구사하는 사내의 말에 고개를 숙이고 있던 이규대가 힘들게 머리를 들었다.

그리고 쓰러져 있는 김호철을 본 이규대가 피식 웃었다. 김호철을 본 순간 상황과 어울리지 않게 웃음이 나온 것이다.

그런 이규대의 모습에 사내가 고개를 갸웃거렸다.

"이분이 아닙니까?"

사내의 물음에 이규대가 고개를 끄덕였다.

"마…… 맞습니다."

생각 같아서는 욕이라도 하고 싶었다.

하지만 이들이 묻는 말에 순순히 답하지 않으면 어떻게 되는지 이미 몸으로 처절하게 깨달았고, 그 깨달음을 무시하기에는 몸이 너무 아팠다.

게다가…….

'김호철이 깨어나면 너희는 다 뒈졌어.'

이규대가 아는 김호철은 싸가지 없는 놈이다. 그것도 데스 나이트를 둘이나 부릴 줄 아는…….

이규대의 답에 사내가 고개를 끄덕이고는 김호철을 바라보았다.

"능력자인가?"

사내의 입에서 나온 것은 일본말이었다. 사내의 물음에 김호철을 잡아온 자가 고개를 저었다.

"능력자를 때린 타격감은 없었습니다."

일반인과 능력자는 타격감이 다르다. 능력자는 마나에 의해 몸이 보호되고 마나에 의해 근육이 강화된다. 그래서 능력자는 일반인에 비해 근력과 스피드가 더 뛰어난 것이다.

물론 각성한 지 얼마 되지 않은 김호철은 아직 그런 마나의 혜택을 받지 못했지만 말이다. 그렇기에 김호철이 쉽게 한 대를 맞고 기절을 한 채 끌려온 것이다.

"흠…… 혹시 모르니 이치로, 잡아."

사내의 말에 이치로라 불린 사내가 입고 있던 정장 상의를 벗었다. 정장 상의를 벗은 이치로는 안에 스판으로 보이는 재질의 쫄쫄이를 입고 있었다. 이치로가 바지도 벗었다. 이치로는 정장 안에 레슬링 선수들이 입는 쫄쫄이 운동복을 입고 있었다.

그리고 이치로가 몸에 힘을 주었다.

우두둑! 우두둑!

순간 이치로의 몸이 부풀어 오르며 커지기 시작했다. 잔뜩 부풀어 오른 근육질로 변한 이치로가 김호철을 들어서는 양손으로 단단히 붙잡았다.

그것을 본 사내가 옆에 놓여 있던 생수통을 들어서는 김호철의 머리를 향해 쏟았다.

좌아악!

"크윽!"

갑자기 머리에 쏟아진 차가운 생수에 놀라 눈을 뜬 김호철이 머리를 흔들었다.

"머리야……."

뒤통수에서 심한 통증이 느껴지는 것이다. 게다가 어질어질하기까지 해서 정신을 차리기가 어려웠다.

머리를 흔들며 정신을 차리려는 와중에 김호철의 눈에 방안의 모습이 보였다.

'뭐지? 엘리베이터였는데?'

엘리베이터에서 내리는 것까지는 기억이 나는데 어느새 사무실 안이었다. 게다가 이규대가 누구한테 두들겨 맞은 모습으로 자신을 보고 있었다.

'뭐지?'

이규대가 입을 벙끗거리는 것이 보였는데 무슨 소리를 하는지 들리지가 않았다.

하지만 한 가지 확실한 것은 있었다.

'내가 잡혔다.'

자신이 누군가에게 잡혀 있다는 것은 몸으로 느끼고 있었다. 그리고 뭔지 몰라도 잡혀 있는 것은 좋지 않다. 그것 하나만은 확실히 인지한 김호철이 입을 열었다.

"뇌전."

파지직!

김호철의 몸에서 뇌전이 솟구쳤다.

바들바들!

김호철의 몸에서 뿜어진 뇌전에 그를 잡고 있던 이치로가 신음도 지르지 못하고 사시나무 떨듯 떨어대기 시작했다.

그리고 그와 동시에 앞에 서 있던 사내의 몸이 움직였다.

하지만 사내가 움직이는 것보다 김호철의 입이 먼저 열렸다.

"데스 나이트."

파지직! 파지직!

김호철의 몸에서 쏟아져 나온 뇌전이 그의 앞에 뭉치며 순식간에 데스 나이트를 만들어냈다. 그리고 데스 나이트의 가슴을 향해 사내의 손이 날아들었다.

그런 사내의 손을 데스 나이트가 강하게 후려쳤다. 하지만 이미 사내의 손은 그 자리에 없었다.

파앗!

어느새 뒤로 물러선 사내가 빙글 회전을 하며 자신의 허리띠를 뽑아냈다.

촤르륵! 촤르륵!

그러자 사내의 허리띠가 풀려 나오며 은색의 날카로운 검으로 변했다. 낭창낭창하게 휘는 검을 앞으로 세운 사내를 향해 데스 나이트가 땅을 박찼다.

파앗!

순식간에 거리를 좁힌 데스 나이트가 휘두르는 주먹을 사내가 검을 옆으로 쳐 냈다.

타타탓!

짧게 검격을 끊으며 데스 나이트의 힘을 흘린 사내가 반격을 시작했다. 짧고 빠르게 끊어 치는 공격을 데스 나이트는 묵묵히 몸으로 버티며 주먹을 휘두를 뿐이었다.

사내와 데스 나이트가 치열하게 싸우는 것을 보며 김호철의 얼굴이 굳어졌다.

'강하다.'

데스 나이트의 공격을 사내가 교묘하게 피해내며 반격을 하고 있는 것이다.

김호철이 놀란 눈으로 사내를 보고 있을 때, 순간 데스 나이트가 땅을 박찼다.

파앗!

그리고 데스 나이트는 어느새 김호철의 옆에 서 있었다.

'왜?'

왜 싸우지 않고 돌아왔나 싶어 데스 나이트를 보던 김호철의 눈이 굳어졌다.

데스 나이트가 바라보는 곳에 한 남자가 그를 향해 권총을 겨누고 있는 것이 보인 것이다.

'나를 지키러 온 거구나.'

그런 생각이 들자 김호철은 데스 나이트가 더욱 믿음직스러웠다. 명령이 없으면 아무것도 하지 못하는 것들과 달리 데스 나이트는 확실히 김호철을 지키는 것을 최우선으로 하는 것이다.

명령을 내리지 않아도 말이다.

'기사라서 그런가?'

데스 나이트를 듬직한 등을 보며 그런 생각을 한 김호철이 자신을 보고 있는 사내 둘을 향해 고개를 돌렸다.

검과 총을 든 사내들은 데스 나이트를 경계하고 있었다. 그런 그들을 보며 김호철이 소리쳤다.

"저놈들 죽여!"

김호철의 외침에 데스 나이트가 몸을 움직이려다가 다시 멈췄다. 데스 나이트가 움직이려는 순간 사내 둘이 좌우로 움직인 것이다.

본능적으로 자신이 움직이면 김호철이 위험하다는 것을 알고 그 옆을 떠나지 않는 것이다.

자신의 명령보다 자신을 지키려는 데스 나이트의 모습에 김호철이 미소를 지었다.

"보디가드는 너 말고도 많지."

작게 중얼거린 김호철이 사내들을 바라보았다.

"웨어 라이온."

세 마리의 웨어 라이온을 떠올리자 그의 몸에서 뇌전이 뿜어져 나왔다.

파지직! 파지직!

뇌전이 웨어 라이온으로 순식간으로 변하는 것과 함께 권총을 든 사내가 방아쇠를 당겼다.

타타타탕!

빠르게 울리는 총성에 김호철이 급히 몸을 웅크렸다. 능력자가 되었더라도 총알을 튕겨낼 능력은 없었기 때문이다.

"크윽!"

몸을 웅크리던 김호철의 귀에 유리 깨지는 소리가 들려왔다.

와장창!

그에 김호철이 급히 고개를 드니 깨어진 창문으로 뛰어내리는 두 사내의 모습이 보였다.

"미친!"

이규대 사무실은 17층. 사람이 떨어져서 살 수 있는 높이가 아니었다.

깨진 창으로 다가간 김호철의 얼굴이 굳어졌다. 어디로 사라졌는지 사내 둘의 모습이 보이지 않았다.

"어떻게?"

고개를 이리저리 돌리며 주위를 살피는 김호철의 옆에 이규대가 다가왔다. 그러고는 창밖으로 고개를 내밀어 보고는 눈을 찡그렸다.

"제길, 저것들 하나 못 잡나?"

이규대의 투덜거림에 김호철이 힐끗 그를 보다가 고개를 돌려 자신이 쓰러뜨린 거한을 바라보았다. 그리고 김호철의 얼굴이 굳어졌다.

거한은 얼굴이 깨져 있었다. 그것도 산산이…….

김호철이 들었던 총소리는 그를 향해 쏘아진 것이 아니라 쓰러져 있던 거한을 향해 발사된 것이었다.

"사람을, 그것도 동료를 이렇게 죽이다니……."

거한의 머리에서 흘러내리는 피, 그리고 피와 섞여 같이 흐르고 있는 이상한 허연 것까지…….

잠시 시체를 보던 김호철이 죽은 사내가 벗어놓은 옷을 시체 위에 올렸다.

그러고는.

"괜찮습니까?"

김호철의 말에 이규대가 고개를 저었다.

"이게 괜찮아 보이나?"

"아까 그 사람들 누굽니까?"

"일본 새끼들."

"일본?"

"너를 찾아왔어."

자신을 찾아 왔다는 이규대의 말에 김호철이 고개를 갸웃거렸다.

"나를?"

"그래."

"나를 왜?"

의아해하는 김호철을 보며 이규대가 그를 홱 하니 보다가 급히 목을 붙잡았다. 그러고는 잠시 목을 주무르다가 입을 열었다.

"일본, 너…… 하면 생각나는 것 없나?"

이규대의 말에 김호철이 그를 보다가 얼굴이 굳어졌다.

"혜원이!"

그런 김호철의 모습에 이규대가 고개를 끄덕였다.

"삼 일 전 일을 알고 있었고, 그 일을 의뢰한 사람을 찾았다."

"제길! 그럼 일찍 말해줬어야지!"

동생의 행방을 알 수도 있는 자들을 눈앞에서 놓쳐 버린 것이다. 그에 화가 나 소리를 지르는 김호철을 보며 이규대가 눈을 찡그렸다.

"너 때문에 이 꼴이 났는데 지금 누구한테 화를 내!"

버럭 고함을 지른 이규대가 김호철을 노려보다가 떨어져 있는 방울을 집어서는 흔들었다.

딸랑! 딸랑!

그러자 전에 본 적이 있는 귀신 병사 둘이 모습을 드러냈다.

"끄응!"

신음을 흘리며 귀신 병사들에게 쓰러져 있는 아줌마들을 들게 한 이규대가 김호철을 바라보았다.

"어찌 됐든 이 일 네가 알아서 해결해. 나는 손 뗄 거니까."

"점을 안 봐주겠다는 겁니까?"

"그래, 또 점을 봤다가 저런 놈들이 또 오면……."

말을 하던 이규대의 얼굴이 굳어졌다. 김호철이 굳은 얼굴로 그를 노려보고 있는 것이다.

"내 동생을 안 찾아주겠다고?"

굳은 얼굴로 노려보고 있는 김호철을 이규대 역시 굳은 얼굴로 바라보았다.

“이 꼴 안 보여? 점 한 번 봤다고 이 꼴이 됐어. 그런데 점을 또 보라고?”

자신의 얼굴을 들이밀어 보이는 이규대를 보며 김호철이 입술을 깨물었다.

이규대 말이 옳기는 하다. 자신의 점 한 번 봤다고 이규대는 죽을 뻔했다.

하지만…….

“그건 당신 사정이고. 난…… 동생을 찾아야 해.”

단호한 김호철의 말에 이규대가 잠시 그를 보다가 한숨을 쉬며 고개를 저었다.

“일단 그 이야기는 여기 손님들 돌려보내고 다시 하기로 하지.”

이규대의 말에 잠시 그를 보던 김호철이 고개를 끄덕이고는 몸을 돌렸다.

“오늘은 상황이 이러니 내일 다시 오겠습니다.”

“가려고? 놈들이 다시 오면 어떻게 해?”

“그건 당신 사정이겠지요.”

이규대를 잠시 보던 김호철이 몸을 돌렸다. 데스 나이트와 웨어 라이온을 흡수한 김호철은 건물을 나왔다. 건물 밖으로 나온 김호철이 슬쩍 주위를 둘러보았다.

'여기 어딘가 있을 텐데.'

김호철 생각에 도망친 놈들은 분명 이 근처에 숨어서 자신을 지켜보고 있을 것이다. 그런 생각을 하며 주위를 보던 김호철이 양손을 들어 보였다.

"당신들이 찾는 것이 바로 나다!"

고함을 지르는 김호철의 모습에 지나가던 사람들이 수군거리며 그를 바라보았다. 그런 사람들의 시선을 받으며 김호철이 다시 소리쳤다.

"이렇게 사람이 많은 곳에서 내 능력을 사용하기 어렵다! 그러니 나와 할 이야기가 있다면 지금 내 앞에 나서라."

김호철이 몬스터를 소환하는 것을 봤으니 그들은 그의 능력이 몬스터 소환이라는 것을 안다. 그렇다면 이렇게 사람 많은 곳에서 몬스터를 꺼내는 것이 불편하다는 것 정도는 알 것이다.

"저 사람 미쳤나 봐?"

"그러게 강남에 저런 사람이 다 있네."

사람들의 수군거리는 소리를 들으며 김호철은 주위를 주시했다.

스윽!

주위를 보던 김호철의 얼굴이 굳어졌다. 방금 전까지 보이지 않던 사내가 그의 앞에 서 있는 것이다.

'언제?'

놀라 뒤로 한 발 물러서던 김호철이 입술을 깨물고는 다시 한 발 앞으로 내디뎠다.

탓!

약한 모습을 보이기 싫은 것이다. 그런 김호철을 보며 사내가 입을 열었다.

"저기 위를 보시겠습니까?"

사내가 가리킨 곳을 힐끗 김호철이 바라보았다. 한 건물 옥상 위였는데 그 위에 여자 한 명이 서 있었다.

"저를 공격하시면 저 여자가 떨어집니다."

사내의 말에 김호철이 그를 바라보았다.

"내 동생 어디 있어."

여자에 대해 묻지 않고 동생을 찾는 김호철의 모습에 사내가 입을 열었다.

"당신 동생이 김혜원입니까?"

"그래!"

동생의 이름을 말하는 사내를 보며 김호철의 눈빛이 뜨거워졌다.

그런 김호철을 보며 사내가 입을 열었다.

"김혜원은 모릅니다."

"거짓말!"

"사실입니다. 김혜원은 모릅니다."

사내의 말에 김호철이 그를 보며 입을 열었다.

"데스 나이트."

파지직! 파지직!

김호철의 몸에서 뿜어진 뇌전이 순식간에 데스 나이트 두 기로 모습을 바꾸었다.

게이트가 아닌 곳에서 데스 나이트 두 기를 한 번에 소환한 것은 처음이다. 막대한 마나의 손실로 얼굴이 하얐게 변한 김호철이 입을 열었다.

"무기."

파지직! 파지직!

김호철의 몸에서 다시 뇌전이 뿜어지며 데스 나이트의 손에 망치와 창이 만들어졌다.

"사람 목숨은 다 소중하다. 하지만 모르는 사람보다 내가 아는 사람 목숨이 더 중요해."

데스 나이트 두 기가 모습을 드러내는 것에 사내의 얼굴이 굳어졌다.

'데스 나이트 두 기?'

놀란 사내가 급히 소리쳤다.

"여자가 어찌 되어도 상관없다는 겁니까?"

사내의 외침에 김호철이 그를 바라보았다.

"넌…… 나를 몰라. 잡아!"

김호철의 외침에 데스 나이트가 사내를 향해 몸을 날렸다.

파앗!

그 모습에 사내의 얼굴이 일그러졌다.

'제길!'

그와 함께 사내가 손을 들어 여자를 떨어뜨리라는 신호를 보내는 것과 동시에 빠르게 사람들 틈으로 파고들었다.

"이거 뭐야!"

사내의 손에 넘어진 사람이 소리를 지르다 얼굴이 굳어졌다. 자신을 향해 뛰어오는 데스 나이트를 본 것이다.

"몬스터다!"

그 외침에 사람들의 고개가 일제히 돌아갔다. 그리고 곧 사람들이 비명을 지르며 사방으로 도망을 가기 시작했다.

"꺄아악!"

"몬스터다!"

"도망쳐!"

김호철은 떨어지는 여인을 보고 있었다. 그는 정신을 집중하고 있었다.

'이미지는 힘이 된다. 이미지는 힘이……'

그가 그려내는 이미지는 여인을 안아 든 웨어 라이온의 모습이었다. 빠르게 추락하는 여인을 보던 김호철이 강하게 손을 내밀었다.

"웨어 라이온!"

파지직! 파지직!

김호철의 손에서 뿜어진 뇌전이 말 그대로 번개가 되어 여인을 향해 쏘아져 갔다.

파지직!

"꺄아아악!"

비명을 지르며 떨어지는 여인의 밑에서 뇌전이 빠르게 웨어 라이온으로 변했다.

파지직! 파지직!

뇌전을 두른 웨어 라이온의 품으로 여인이 떨어졌다. 그런 여인과 함께 떨어지던 웨어 라이온이 손을 빌딩에 박았다.

파파파파팟!

웨어 라이온의 손톱에 빌딩에 긴 흠이 생기며 낙하 속도가 빠르게 줄어들었다.

"크아아앙!"

울음을 토하며 건물 벽을 웨어 라이온이 박찼다.

파앗!

휘리릭!

건물 벽을 박차며 허공에 솟구친 웨어 라이온이 부드럽게 땅에 내려섰다. 웨어 라이온이 바닥에 여자를 내려놓는 것과 함께 김호철이 소리를 질렀다.

"돌아와!"

파지직! 파지직!

웨어 라이온이 뇌전이 되어 돌아오자 김호철이 가고일을 소환했다.

파지직!

뇌전과 함께 가고일이 나타나자 김호철이 빠르게 그 앞에 섰다.

"날자!"

김호철의 외침에 가고일이 그를 잡고는 날개를 펄럭이며 솟구쳤다. 하늘을 향해 솟구치며 김호철은 사람들이 도망치는 곳을 바라보았다.

그쪽에 데스 나이트가 있을 것이니 말이다. 그리고 데스 나이트가 있는 곳에 그가 쫓아야 할 사내가 있다.

펄럭! 펄럭!

하늘을 날며 데스 나이트를 찾던 김호철의 눈에 저 멀리서 달려가는 몬스터가 보였다. 그에 김호철이 가고일을 그쪽으로 날아가게 했다.

펄럭! 펄럭!

가고일이 빠르게 데스 나이트의 뒤로 접근했다. 그와 함께 김호철이 데스 나이트를 향해 손을 내밀었다.

“데스 나이트, 돌아와!”

김호철의 외침에 데스 나이트가 뇌전이 되어 돌아왔다. 데스 나이트를 흡수하는 것과 동시에 김호철이 다시 손을 내밀었다.

도망을 가는 사내의 앞을 향해…….

“웨어 라이온!”

파지직! 파지직!

김호철의 손에서 뿜어진 세 가닥의 뇌전이 사내의 앞과 좌우로 갈라지며 떨어졌다.

“꺄아악!”

갑자기 사람들 사이에서 나타난 웨어 라이온의 모습에 여자들이 비명을 지르며 넘어졌다.

“잡아!”

사내를 보며 김호철이 소리를 치자 웨어 라이온들이 빠르게 몸을 날렸다.

김호철이 데스 나이트가 아닌 웨어 라이온을 뽑은 이유는 마나 소모가 너무 크기 때문이었다. 다시 흡수하면 다시 회복할 마나기는 하지만 데스 나이트 둘과 무기 소환은 정신을 차리기 힘들 정도였다.

거기에 가고일까지 타고 있어야 하니…….

게다가 웨어 라이온도 B급 몬스터에서는 최강이라 불리는 놈들이다. 그래서 질보다 수로 밀어 잡으려는 것이다.

파앗! 파팟!

웨어 라이온의 공격에 사내가 급히 뒤를 돌아왔던 길을 다시 달리기 시작했다. 그런 사내의 모습에 김호철이 그 길목을 향해 손을 내밀었다.

"웨어 울프!"

파지직!

김호철의 손에서 뿜어진 뇌전이 웨어 울프의 형상을 만들다가 사라졌다.

"제길! 마나석!"

웨어 울프 마나석은 미처 먹지 못한 것이다. 그 말은 지금 김호철이 소환할 수 있는 몬스터는 가고일과 데스 나이트, 웨어 라이온뿐이라는 말이었다.

골렘은 잃어버렸고 말이다.

'이번에 돌아가면 마나석을 다 먹어버려야겠다.'

하나씩 먹으려던 계획을 수정해 날 잡고 다 먹어버릴 생각을 하며 김호철이 가고일을 소환했다.

"가고일!"

가고일 두 마리를 더 소환한 김호철이 사내를 향해 날려 보냈다.

6장
신의 아이들

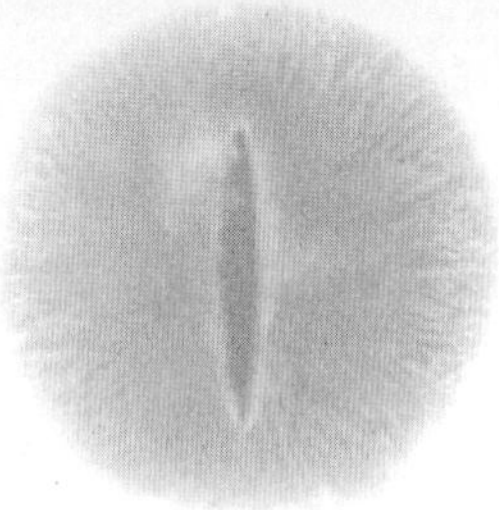

"끼이익!"

날카로운 소리를 내며 날아오는 가고일 두 마리의 모습에 사내의 얼굴은 굳어질 대로 굳어졌다.

'이런 미친……. 저놈 대체 뭐야?'

그가 속한 조직에도 몬스터를 소환할 수 있는 능력자는 있다. 하지만 이렇게 많은 몬스터를 한 번에 소환하지 못한다.

그것도 데스 나이트는 더욱더…….

놀란 눈으로 다가오는 가고일을 보던 사내는 뒤에서 접근하는 웨어 라이온의 기척을 느꼈다.

'이러다가는 잡힌다.'

그는 강하다. 하지만 한 번에 B급 몬스터 다섯을 상대할 정도는 아니었다.

하지만 방법이 없는 것은 아니었다.

고개를 쳐든 사내가 땅을 박찼다.

파앗!

강하게 땅을 박차는 사내를 향해 가고일이 날아들었다.

"끼이익!"

날카로운 소리를 내며 날아드는 가고일의 발을 피한 사내가 손을 들었다.

화아악!

사내의 손에서 검은 기운이 맺히기 시작했다.

탁!

가고일의 발을 잡은 사내의 얼굴이 살짝 굳어졌다.

'찌릿찌릿하네.'

가고일의 몸에서 흐르는 뇌전에 마나로 보호되고 있는 손이 저린 것이다.

휘익!

몸을 회전시켜 가고일의 등에 착지를 한 사내가 발을 박찼다.

파앗!

허공에 몸을 띄운 사내가 자신을 향해 날아오는 가고일의 등을 다시 발로 박찼다.

파앗!

순식간에 가고일 두 마리를 피해내며 솟구친 사내의 눈에 지척으로 다가온 김호철이 보였다.

'몬스터가 어렵다면 그 주인을 잡으면 될 일.'

속으로 중얼거리는 것과 함께 사내의 손에 어느새 검이 들려 있었다.

"죽어……."

라, 라는 마지막 말은 사내의 입에서 나오지 못했다.

파지직! 파지직!

김호철의 몸에서 솟구친 수십 가닥의 뇌전이 그를 향해 쏘아져 오고 있는 것이다.

자신을 쏘아져 오는 뇌전에 사내가 입술을 깨물었다.

"제길……."

파지직! 파지직!

그와 함께 사내의 몸에 뇌전이 박혀 들어가기 시작했다.

"뇌전!"

김호철의 외침과 함께 그 손에서 전력을 다한 수십 가닥의 뇌전이 쏘아져 나갔다.

파지직! 파지직!

사내의 몸에 뇌전이 박히는 것과 함께 김호철의 얼굴이 굳어졌다. 사내의 몸이 검은 안개가 되어 흩어져 버린 것이다. 게다가 검은 안개도 곧 흔적도 없이 사라져 버렸다.

"뭐야?"

펄럭! 펄럭!

주위를 둘러보아도 사내의 모습은 보이지 않았다. 그에 김호철이 주위를 두리번거리며 그자를 찾기 시작했다.

"우우우우!"

바들바들 몸을 떨어대던 사내가 눈을 떴다.

파앗! 화아악!

사내의 눈에서 검은 기운이 잠시 흘러나왔다가 곧 사라졌다.

"후우!"

한숨을 내쉰 사내가 몸을 일으키려다가 다시 주저앉았다. 그의 능력은 분신. 그와 백 프로 일치하는 능력과 감정을 가진 분신을 만들 수 있다.

분신이 보는 것을 사내도 볼 수 있고 느낄 수 있다. 단점은 분신이 느끼는 고통을 사내 그 자신도 똑같이 느낀다는 것이었다. 그렇기에 분신이 충격으로 사라질 때 그 충격을 그 자신도 받은 것이다.

잠시 숨을 고른 사내가 창가로 다가가 밖을 내려다보았다.

저 멀리 가고일 세 마리가 날아다니는 것이 보였다.

덜컥!

사내가 밖을 보고 있는 사이 문이 열리며 권총을 들고 있던 남자가 안으로 들어왔다.

"아베 상, 괜찮으십니까?"

남자의 말에 아베라 불린 사내가 창밖의 가고일을 보다가 입을 열었다.

"이규대를 죽여라."

"저자는?"

가고일에 안겨 있는 김호철을 보며 사내가 묻자 아베가 고개를 저었다.

"저놈을 죽이는 것은 쉽다. 하지만 능력이 재밌군. 나중에 써먹을 곳이 있을 것이다."

아베의 말에 사내가 고개를 숙이고는 품에서 권총을 꺼내 탄창을 확인하고는 밖으로 사라졌다.

사내가 사라지자 아베가 김호철을 바라보았다.

"김혜원……. 신의 아이의 오빠인가?"

김호철에게 김혜원을 모른다고 했던 말은 거짓말이 아니었다. 아베는 김혜원을 모른다. 하지만 김혜원이 누구인지 짐작을 할 수는 있었다.

신의 아이. 그가 속한 집단에서 전 세계에서 모은 아이들 중 하나일 것이다. 게이트가 열리는 날 태어난, 그리고 마나를 가지고 태어난 아이. 그들이 바로 신의 아이이다.

김호철은 굳은 얼굴로 앞을 바라보고 있었다. 그는 양손에 강철로 된 두꺼운 수갑을 차고 있었다.

"제기랄!

욕설을 뱉은 김호철이 자신의 머리를 손으로 감쌌다. 지금 김호철은 SG의 능력자 감옥에 갇혀 있었다.

사내를 찾기 위해 시가지를 누비는 가고일에 신고가 들어갔고 SG가 출동을 한 것이다. 그리고 결국 이렇게 체포가 된 것이다.

"휴우!"

커다란 한숨 소리에 김호철이 고개를 들었다. 그의 옆에는 이규대가 앉아 있었다. 그 역시 김호철이 차고 있는 것과 같은 수갑을 차고 있었다. 사내를 찾아다니는 김호철을 이규대가 쫓아다니다 같이 감옥에 잡힌 것이다.

그런 이규대를 보던 김호철이 말했다.

"왜 나를 따라다닌 겁니까?"

"너 간 후에 점을 봤는데…… 대흉이 나왔어."

"대흉?"

"생금살흉(生金殺凶)이라…… 금을 좇으면 살 것이나 흉한 일이 생기면 반드시 죽는 점."

한숨을 쉰 이규대가 김호철을 바라보았다. 김호철은 자신이 한 말을 못 알아들은 얼굴이었다.

"김(金)씨가 쇠와 같으니 너를 좇으면 내가 살고 아니면 죽는다고 하니 너를 따라간 거다."

"일본 놈들이 여전히 이규대 씨를 노린다는 말이군요."

김호철의 말에 이규대의 얼굴이 굳어졌다.

"제길! 채병열, 이 개놈의 새끼!"

김호철을 소개한 채병열을 욕한 이규대가 벌떡 몸을 일으켜서는 창살을 손으로 잡았다.

"이봐! 난 피해자라고!"

이규대의 말에 감옥 앞에 앉아 있던 SG가 눈을 찡그렸다.

"조용히 하세요!"

"이거 안 보여! 난 피해자라니까!"

자신의 상처 난 얼굴을 가리키는 이규대를 보며 SG가 몸을 일으켰다.

우두둑! 우두둑!

SG의 근육이 부풀어 오르며 그의 한쪽 팔이 두 배는 길어지고 두꺼워졌다.

"조용히 안 하면 딱밤을 때리겠습니다."

딱밤……. 손가락을 오므려서 이마를 때리는 거다. 하지만 지금 SG의 주먹에 달린 손가락으로 딱밤을 맞으면 그냥 아프다 정도로는 끝나지 않을 것 같았다.

"끄응!"

침음성을 흘리며 이규대가 몸을 돌려 김호철 옆에 앉았다.

"제길! 치료라도 좀 해주든가."

그런 이규대를 보며 김호철이 말했다.

"그놈들 찾을 수 있겠습니까?"

"나한테 묻지 마. 난 이 일에서 완전히 손을 뗄 거니까."

이규대의 말에 김호철이 그를 바라보았다.

"당신이 손을 뗀다고 해도 그놈들은 당신을 죽이려고 할 겁니다."

김호철의 말에 이규대의 얼굴이 굳어졌다. 그런 이규대를 보며 김호철이 말했다.

"생금살흉……. 나를 따르면 산다는 점괘 믿어보시죠. 저를 도와주시면 제가 당신을 지켜드리겠습니다."

"지 몸 하나 앞가림 못하면서 누굴 지켜주겠다는 거야?"

감옥 밖에서 들리는 박천수의 목소리에 김호철이 고개를 돌렸다. 감옥 창살에 박천수가 어깨를 기댄 채 그를 바라보고 있었다. 감옥 안에 갇혀 있는 자신을 보는 박천수의 모습에 김호철이 몸을 일으켰다.

"어떻게 오셨습니까?"

"뉴스에 가고일 타고 멋지게 날아다니는 우리 직원이 나와서 사인받으러 왔다."

농을 한 박천수가 이규대를 바라보았다.

"일본 놈들한테 맞았다면서?"

박천수의 말에 이규대가 눈을 찡그리며 그를 바라보았다. 그런 이규대를 보며 피식 웃은 박천수가 SG를 향해 고개를 돌렸다.

"다친 사람이 있는데 치료라도 해주고 넣어주지 그랬나."

"상처도 증거입니다. 저희 조사계분들이 와서 확인하기 전까지 참아주십시오."

SG의 말에 박천수가 이규대를 바라보았다.

"그렇대."

박천수의 말에 눈을 찡그린 이규대가 벌떡 몸을 일으켰다.

"그나저나 이 일 어떻게 해결해 주실 겁니까?"

"무슨 일?"

"여기 이 김호철 점 봤다가 내가 죽을 뻔한 이 일! 을 말하는 거요."

이규대의 말에 박천수가 그를 보다가 김호철에게 고개를 돌렸다.

"어떻게 된 거야?"

박천수의 물음에 김호철이 일본 놈들이 찾아온 이유를 설명했다.

"그러니까 점을 봤다고 죽이려고 했다는 말이야."

"아무래도 혜원이가 있는 곳이 범죄 조직 같은 곳인 것 같습니다."

"아니면…… 일본 특수 조직이거나."

"일본 특수 조직?"

"그 이야기는 나중에 하고……."

박천수가 이규대를 바라보았다.

"점 값 일억에 위험수당도 포함된 것 아니었나?"

"그게 무슨?"

"헌터들은 출장 가는 것만으로 일억을 벌지 않냐고 당신이 이야기했잖아."

"그건……."

말문이 막힌 이규대를 보며 박천수가 말했다.

"점 값 일억이면 그 정도 위험부담은 생각을 했어야지."

웃으며 이규대를 보던 박천수가 김호철을 바라보았다.

"SG가 지금 그 일본 놈들 찾고 있는데 아마 쉽지는 않을 거다."

"반드시 찾아야 합니다. 그놈들이 우리 혜원이에 대해 알고 있습니다."

"능력자들이 한번 숨으려고 마음먹으면 그게 얼마나 찾기 어려운지 알아? 게다가 이놈들 일본에서 한국에서 이규대가 한 짓을 알고 정확하게 찾아오기까지 한 놈들이야."

"여기서 나가야 합니다."

"나가면 뭐, 방법 있나?"

박천수의 말에 김호철이 입을 열지 못했다. 나간다 해도 뚜렷한 방법이 없는 것이다.

"능력자 범죄는 SG한테 맡기는 것이 좋아. 게다가 외국 능력자라면 더욱."

박천수의 말에 김호철이 한숨을 쉬며 주저앉았다. 그런 김호철을 가만히 보던 박천수가 말했다.

"능력자 된 지 한 열흘 됐나?"

뜬금없는 물음에 김호철이 그를 힐끗 보고는 고개를 끄덕였다.

"그쯤 됐습니다."

"열흘 동안에 자격증도 따고 북한에도 가고 게이트도 하나 해결하고…… 거기에 와이번이 나오는 비구름 운송 의뢰도 있군."

김호철을 보며 말을 하던 박천수가 한숨을 쉬었다.

"그런데 이제는 일본 능력자들과 싸우고 SG감옥이라…….

이십 일 후에는 세계 정복이라도 하려는 거냐?"

박천수의 농에 고개를 저은 김호철이 물었다.

"저는 이제 어떻게 되는 겁니까?"

"이제야 감옥에 있다는 것이 실감나는 건가?"

김호철을 보던 박천수가 입을 열었다.

"위에서 일 처리되는 대로 풀려날 거다."

감옥에 가는 것은 아니라는 사실에 김호철은 안도의 한숨을 쉬었다. 감옥에 갇히게 되면 지금 그나마 잡은 동생에 대한 단서도 사라지는 것이니 말이다.

"그나마 다행이군요."

"네가 사람 많은 곳에서 몬스터 꺼내 놀라게 한 것은 문제지만 외국 능력자들이 먼저 이규대와 너를 공격했으니 정당방위지. 게다가 그놈들, 여자 한 명도 빌딩에서 떨어뜨렸다면서."

박천수의 말에 김호철이 급히 말했다.

"제가 구했습니다."

"그래, 몬스터가 떨어지는 여자를 받았다고 하더군."

고개를 끄덕인 박천수가 말했다.

"그런데 다음부터는 다른 식으로 구해."

"네?"

"그 여자, 감전으로 지금 입원해 있어."

"감전?"

"알잖아. 호철이 네 몬스터 몸에서 전기 흐르는 거."

"아!"

떨어지는 여자를 구할 생각만 했지 미처 그 생각은 하지 못했다. 자신의 몬스터들의 몸에는 뇌전이 흐른다는 것을 말이다.

"그래도 죽는 것보다는 낫지 않습니까?"

"그건 그렇지. 하지만 운이 좋았어. 잘못했으면 떨어져 죽는 것이 아니라 감전당해서 죽었을 테니까."

박천수의 말에 김호철이 한숨을 쉬었다.

'박 팀장한테 또 하나 배우는구나.'

자신의 몬스터가 사람에게 닿는 것만으로 피해를 줄 수 있다는 것을 말이다.

속으로 중얼거리고 있을 때 철창살에 SG들이 다가왔다.

"다친 곳을 조사하겠습니다."

말과 함께 철창이 열리더니 SG들이 안으로 들어왔다. 그러고는 두 명의 SG가 김호철과 이규대의 앞에 서고는 그 둘의 몸을 유심히 바라보았다.

"흠…… 이규대 씨, 고문을 당하셨군요."

"나는 피해자라니까요."

이규대의 말에 들고 온 서류철에 그의 몸에 난 상처들을 적으며 SG가 말했다.

"고통이 심한 곳만 때리고 찔렀군요. 고통이 심하셨겠습니다."

고개를 연신 끄덕이는 이규대의 모습에 박천수가 한숨을 쉬었다.

"그 정도 고문을 참으면서 입을 다물 의리는 없을 테니 네가 아는 김호철에 관한 것은 모두 말을 했겠군. 나나 우리 사무소나."

박천수의 말에 이규대가 웃었다.

"내가 그런 놈으로 보이오?"

"그런 놈으로 보이는데, 아닌가?"

"후!"

박천수의 말에 이규대가 작게 웃었다. 사실…… 맞다. 김호철에게 의리를 지킬 사이도 아니고 말이다.

"움직이지 말아주세요."

SG의 말에 이규대가 다시 정자세를 취하고는 박천수를 바라보았다.

"그놈들, 내가 아는 것을 다 말하면 나를 죽일 놈들이었어. 그래서 난 불지 않았소."

이규대의 말에 박천수가 놀란 듯 그를 바라보았다.

"정말?"

"흥! 내가 이때까지 상대한 사람들이 얼마나 된다 생각을 합니까? 정치인부터 사기꾼, 돈 많은 아줌마들까지 수천 명의 사람을 상대했소. 놈들 딱 보는 순간 아! 내가 아는 것 다 불면 쥐도 새도 모르게 사라지겠구나 하는 감이 딱 왔지."

"호오! 그래서?"

"게다가 이 김호철은 데스 나이트를 소환할 줄 아는 놈이니 이놈만 오면 내가 살겠구나 하는 생각을 했지. 그런데 놈들에게 김호철이 데스 나이트를 소환한다거나 능력자라는 것을 말을 하면 경계를 할 것 아냐. 그럼 그만큼 내가 살기 어렵고. 그래서 내가 말한 건 김호철이란 이름과 오늘 온다는 것뿐이었다."

"호오!"

박천수의 감탄성에 이규대가 득의양양한 얼굴로 고개를 끄덕였다.

지금 생각해도 그때 그 모진 고문을 당하면서 이런 생각을 했는지 자신이 생각해도 장했다.

이규대가 자신이 한 행동을 자랑스럽게 늘어놓을 때 그와 김호철의 몸을 조사한 SG들이 밖으로 나갔다.

"우리는 언제 나갈 수 있는 겁니까?"

김호철의 말에 SG가 말했다.

"조금 기다리십시오. 과장님이 내려오실 겁니다."

"그럼 수갑이라도 풀어주십시오."

김호철이 손을 들어 보이자 그를 보던 SG가 고개를 끄덕이고는 수갑을 풀어주었다. 묶여 있던 손을 주무르는 김호철을 보며 SG가 몸을 돌려 창살 밖으로 나갔다.

철컥!

문이 닫히는 것을 보며 김호철이 이규대를 바라보았다.

"점 봐 주십시오."

김호철이 손을 내미는 것에 이규대가 눈을 찡그렸다.

"지금 상황에서 그런 말이 나와?"

이규대의 말에 김호철이 그를 보다가 입을 열었다.

"아까도 이야기했지만 일본 놈들이 당신을 그냥 두지 않을 겁니다."

김호철의 말에 이규대가 피식 웃었다.

"내 몸 하나 피할 재주는 있으니 네 걱정이나 하시지."

자신만만한 이규대의 말에 김호철이 그를 보다가 말했다.

"제 동생을 찾아야 합니다. 부탁드립니다."

김호철의 말에 박천수가 슬쩍 말했다.

"다른 사람도 아니고 친동생 찾고 싶어서 저러는데 사람이 너무 야박한 것 아냐?"

"점 한 번 본 걸로 죽을 뻔했는데 또 하고 싶겠소?"

"그야…… 해주고 싶은 생각은 없겠지. 하지만 이미 걸려서 위험하기는 마찬가지인데 한 번 더 해주지그래."

박천수의 말에 그를 잠시 보던 이규대가 한숨을 쉬고는 김호철을 바라보았다.

'점 안 봐 주면 이놈, 계속 달라붙겠어.'

자신의 사정만 생각하고 계속 달라붙는 김호철이 짜증이 났지만 사실 어쩔 수 없는 일이다. 남의 사정보다 내 사정이 먼저인 것이 인지상정이니 말이다.

"좋아!"

이규대의 말에 김호철이 급히 손을 내밀었다. 그런 김호철을 보며 이규대가 말했다.

"하지만 이번이 마지막이야."

이규대의 말에 김호철은 말을 하지 않았다. 이번에 찾는다면 좋지만 못 찾는다면 이규대밖에는 잡고 늘어질 곳이 없었다. 말을 하지 않는 김호철을 보며 작게 고개를 저은 이규대가 그 손을 잡았다.

"후우! 이번이 마지막이라 생각하고 전력을 다할 테니까. 또 해달라고 하지 마."

숨을 크게 내쉰 이규대가 김호철을 힐끗 보고는 마나를 끌어올렸다.

화아악!

이규대의 몸에서 푸른 기운이 흘러 나왔다. 그리고 그 기운은 김호철을 감싸기 시작했다. 전에는 이규대의 몸에서만 흘러나왔다면 지금은 김호철의 몸까지 감싸고 있는 것이다.

김호철의 몸에서 느껴지는 기운을 느끼며 이규대의 의식은 공간을 초월했다.

화아악!

이규대는 전에 본 적이 있는 성 위에 서 있었다. 그리고 그의 눈에 성 안으로 흘러가고 있는 푸른색의 선이 보였다. 그 선이 바로 김호철과 그 동생을 잇는 천륜의 선이었다.

'여기부터 문제지.'

작은 중얼거림과 함께 이규대가 정신을 집중했다. 그러자 성이 조금씩 다가오기 시작했다. 물론 성이 움직이는 것이 아니다. 그의 의식이 성에 다가가면서 성이 다가오는 것으로 보일 뿐이었다.

그리고 순간 그의 몸이 순간 멈췄다.

－또 당신인가요.

마음속으로 울려오는 소리와 함께 그의 몸을 압박하는 기운이 느껴졌다.

'갈!'

기합을 지르며 힘을 끌어올렸다. 하지만 그의 몸은 속절없이 밀려날 뿐이었다.

—저항하지 마세요. 저항하면 할수록 당신의 몸이 상할 뿐이에요.

마음속에 울리는 소리와 함께 그의 의식이 흐려지기 시작했다.

"갈!"

기합을 지르는 이규대의 모습에 김호철이 박천수를 바라보았다.

"튕겨질 것 같습니다."

김호철의 말에 박천수가 이규대를 바라보았다. 이규대는 이마에서 식은땀을 뚝뚝 흘리고 있었다.

"네 마나를 이규대에게 밀어 넣어."

"제 마나를?"

"결계든 뭐든 어차피 힘 싸움이다. 이규대를 매개체로 해서 네 힘으로 밀어붙여 버려."

박천수의 말에 김호철이 이규대를 바라보았다. 말은 쉽지만 김호철 마나는 뇌 속성 이규대가 그것을 버틸 수 있을지 알 수 없다.

'뇌 속성 마나가 가면 그 충격에 이규대가 기절할지 몰라. 뇌 속성을 빼고 마나만 밀어 넣어야 해. 그리고 강한 힘…….'

될지 안 될지 알 수 없었다. 하지만 지금은 해야 했다. 그것도 강한 힘을…….

속으로 중얼거린 김호철이 이규대와 잡은 손에 정신을 집중하며 눈을 감았다. 그러자 김호철은 자연스럽게 그의 머릿속 어두운 공간에 들어설 수 있었다.

화아악! 화아악!

어두운 공간에 선 김호철이 정신을 집중했다.

'강한 힘…….'

강한 힘을 떠올리자 자연스럽게 김호철의 오거의 모습이 떠올랐다.

－크르릉!

자신을 향해 울음을 토하는 오거에게 김호철이 다가갔다. 그리고 자신을 붉게 달아오른 눈으로 내려다보는 오거의 발을 김호철이 잡았다.

'힘 내놔!'

머릿속으로 고함을 지른 김호철이 오거의 다리를 강하게 잡아당겼다. 하지만 오거의 다리는 꿈쩍도 하지 않았다. 그에 김호철이 숨을 골랐다.

'내 몸에 있는 몬스터다. 내 몸 안에 있는 몬스터는 내 것…… 힘도 내 것이다. 몬스터도 힘도 내 것인데 내가 쓰지 못할 이유가 없어.'

오거의 힘이 자신의 것이라는 생각을 강하게 가지며 그 힘이 자신에게 끌려오는 것을 계속 이미지화한 김호철이 입술을 깨물었다.

'반드시 해야 한다.'

생각과 함께 김호철은 오거의 발에 손을 댔다.

'힘…… 내놔!'

파지직! 파지직!

오거의 몸에서 뿜어진 뇌전이 김호철의 몸에 파고들었다.

파지직! 파지직!

이규대는 자신의 몸에 순간 넘쳐나는 마나와 함께 고통을 느꼈다.

'크으윽!'

신음과 함께 이규대는 자신을 압박하던 힘이 순간 약해지는 것을 느꼈다. 아니, 그 힘은 그대로지만 이규대의 힘이 강해져 압박이 약하게 느껴지는 것이다.

'지금이다!'

생각과 함께 이규대의 정신이 빠르게 성으로 다가가기 시작했다.

–멈추세요.

예의 마음속에 들려오는 소리를 무시하며 이규대의 정신은 성의 벽을 뚫고 들어갔다.

꽈직!

순간 결계가 깨어지는 느낌과 함께 비명 소리가 들려왔다.

—까아악!

여자의 선명한 비명 소리……. 결계가 깨어지는 충격을 시술자가 받은 것이다. 그 비명을 이규대는 신경 쓰지 않았다. 지금 그가 해야 할 일은 이곳이 어디인지 단서를 찾는 것과 김혜원을 찾는 일이다.

푸른색의 선을 따라 빠르게 나아가는 이규대의 앞에 붉은 막들이 늘어섰다. 새로운 결계가 빠르게 쳐지고 있는 것이다.

'뚫는다!'

외침과 함께 이규대의 정신이 결계에 부딪쳤다.

꽈직! 꽈직!

이규대의 정신과 부딪힌 결계들이 깨어져 나가기 시작했다. 그리고 그럴 때마다 그의 정신에 결계를 만든 자들의 비명이 들려왔다.

—크아악!

—으윽!

그 비명을 들으며 빠르게 나아가던 이규대의 눈에 푸른색의 선이 닿아 있는 한 여자의 모습이 들어왔다.

'저 여자…….'

여자가 김혜원이라는 것을 안 이규대가 더욱 빠르게 다가가려는 순간, 여자의 시선이 그를 향했다.

화아악!

여자의 눈에서 빛이 뿜어지는 것과 함께 이규대의 정신은 그 자리에서 흩어졌다.

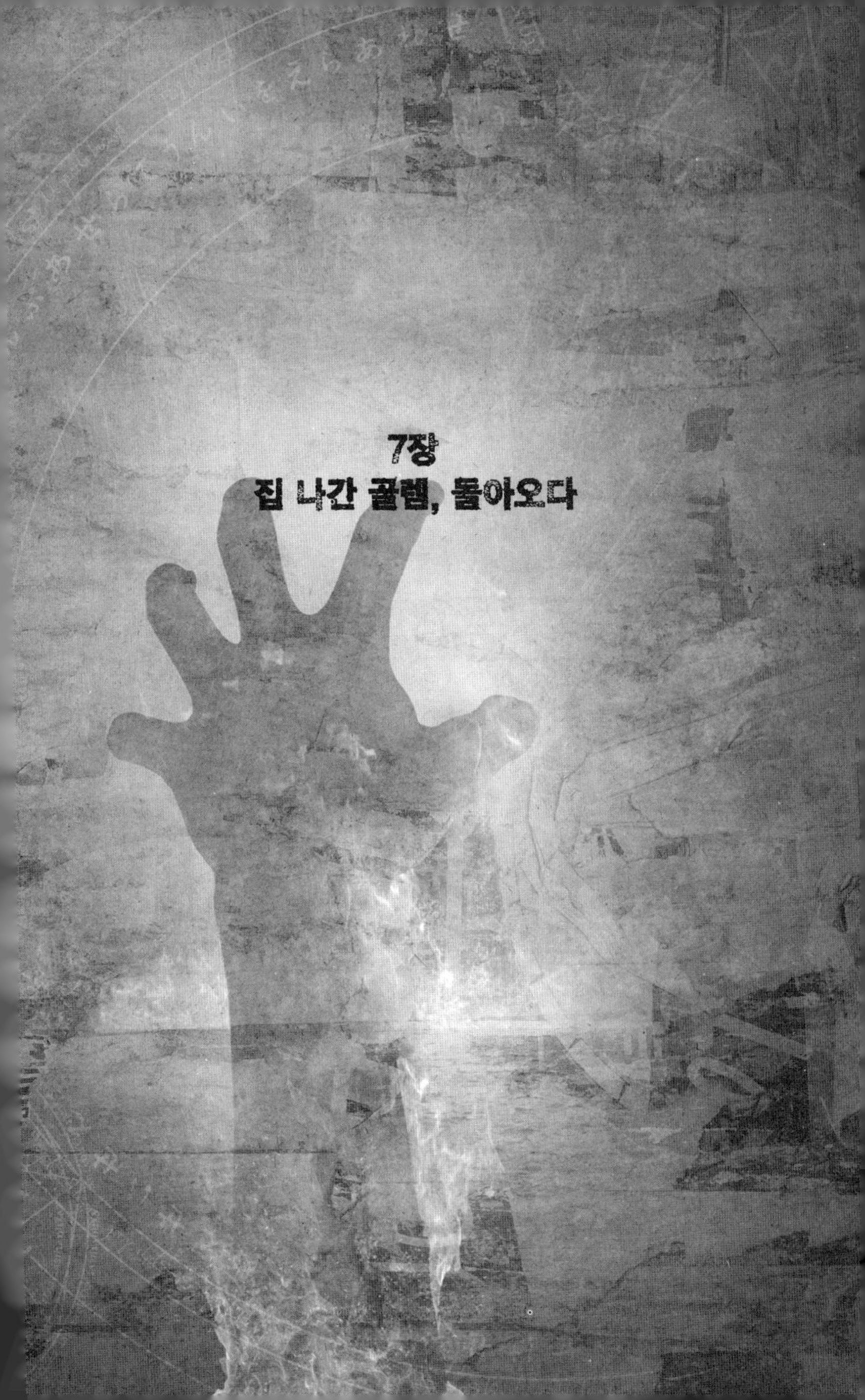

7장
집 나간 골렘, 돌아오다

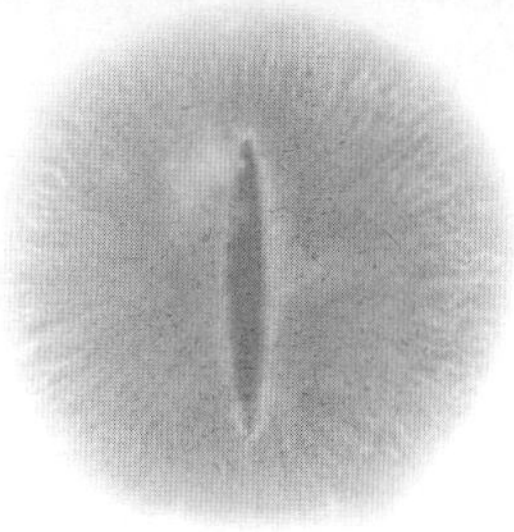

"크아아아!"

비명을 지르며 이규대가 깨어났다.

"으아악! 으악!"

연신 비명을 지르며 몸을 비틀어 대는 이규대의 모습에 김호철이 놀라 그를 바라보았다.

"뒤통수 후려쳐!"

"네?"

"뒤통수 후려쳐서 기절시키라고!"

박천수의 외침에 김호철이 바들바들 떨며 몸을 비틀어 대는 이규대의 뒤통수를 손으로 후려쳤다.

퍽!

"크으윽!"

신음을 흘리며 쓰러지는 이규대의 모습에 박천수가 고개를 돌렸다. 한쪽에는 감옥을 감시하던 SG가 박천수의 검은 연기에 몸이 묶인 채 그를 보고 있었다.

사실 감옥에서 마나가 강하게 움직이는 것에 SG가 그것을 막으려 했고 박천수가 담배 연기로 그를 못 움직이게 한 것이다.

"미안하게 됐어."

웃으며 담배 연기를 흩어놓는 박천수의 모습에 SG가 굳은 얼굴로 그를 바라보았다.

"SG에게 능력을 사용하는 것은 공무집행 방해죄가 성립됩니다. 또한 능력자 자격을 박탈당할 수 있습니다."

"뭘 그렇게 심각해. 그냥 안에 조금 일이 있어서 그랬어."

웃으며 SG에게 다가간 박천수가 말했다.

"이따 저녁에 술이나 한잔하라고."

웃으며 박천수가 SG의 눈앞에 수표 한 장을 들어 보였다. 백만 원짜리 수표다. 백만 원짜리 수표에 잠시 그를 보던 SG가 그것을 주머니에 넣었다.

"미안해."

웃으며 SG의 어깨를 두들긴 박천수가 감옥 쪽을 바라보았다. 김호철이 이규대를 걱정스럽게 보고 있었다.

박천수가 컵에 물을 받아서는 김호철에게 건넸다.
“살살 깨워봐.”
물을 받은 김호철이 이규대의 얼굴을 살살 쳤다.
“이규대 씨, 이규대 씨.”
몇 번 이규대를 부르자 그가 천천히 눈을 뜨기 시작했다.
“크으윽!”
신음을 흘리며 눈을 뜨는 이규대를 보며 김호철이 그의 입에 물을 가져다 댔다.
“물 드세요.”
김호철의 말에 이규대가 입을 벌려 물을 마셨다.
“꿀꺽! 꿀꺽!”
덜덜 떨며 물을 마시는 이규대를 보며 김호철이 슬며시 물었다.
“어떻게 되었습니까?”
김호철의 말에 이규대가 먹던 물을 멈췄다. 그러고는 순간 고개를 돌리며 토하기 시작했다.
“우엑! 우엑!”
물을 토해내는 이규대의 등을 두들긴 김호철이 급히 말했다.
“괜찮습니까??”
김호철의 말에 이규대가 숨을 고르다 헛구역질을 하기 시작했다.

"우욱! 우욱!"

말을 하지 못하고 헛구역질을 하던 이규대가 한숨을 쉬고는 김호철을 바라보았다.

"네 동생…… 봤다."

"제 동생을!"

"그래. 네 동생, 능력자다."

"제 동생이 능력자!"

말을 할 때마다 놀라는 김호철을 보며 이규대가 자신이 본 것을 이야기했다. 그 이야기를 들은 김호철이 굳은 얼굴로 이규대를 바라보았다.

"제 동생이 공격을?"

"그년……."

그년이라는 말을 하던 이규대가 김호철을 힐끗 보고는 말을 바꿨다.

"네 동생의 시선에 빛이 나는 것과 함께 내 정신이 찢겨져 나갈 것 같은 고통을 느꼈어. 정신만 날아가 느끼는 고통이 었는데도……."

그 고통을 생각하자 소름이 돋는 듯 이규대가 고개를 저었다.

"온몸이 찢겨져 나가는 것 같았다."

"그래서 제 동생은 어디에 있습니까?"

김호철의 말에 이규대가 생각에 잠겼다. 사실 위치를 확인할 수 있는 것을 보지는 못했다.

"성인데……."

"그 성 사진을 보면 알 수 있겠나?"

박천수의 말에 이규대가 그를 바라보았다.

"일본에 성이 많다고 해도 대부분 인터넷에 사진 정도는 올라와 있겠지. 그 성 사진 보면 뭔지 알 수 있지 않겠어?"

"보면 알 수도 있을 것 같은데……."

이규대의 말에 박천수가 핸드폰을 꺼내 김호철에게 던졌다.

탓!

핸드폰을 받은 김호철이 인터넷에 접속을 하고는 일본성을 검색했다. 일본 각 지역에 있는 성 사진들이 나오자 김호철이 그것을 이규대에게 보여주었다.

쉴 시간도 주지 않는 김호철을 보며 이규대가 한숨을 쉬고는 핸드폰을 받아 들었다. 손가락을 움직여 사진을 보던 이규대가 고개를 저었다.

"이 중에는 없어."

"없습니까? 자세히 보십시오."

"나도 너처럼 네 동생 빨리 찾아주고 싶어 그래야 다시 귀찮게 안 할 것 아냐. 하지만…….”

말을 하던 이규대가 문득 무슨 생각이 들었는지 잠시 말이 없었다. 그러다 생각이 났는지 이규대가 핸드폰 노트앱을 열고는 손가락으로 그림을 그렸다.

“꼭대기에 이런 모양이 있었어.”

이규대의 말에 김호철이 그가 그린 그림을 바라보았다.

그림은 단순했다. 삼각형이 있고 그 안에는 한자가 쓰여 있었다.

“신(神)?”

“맞아. 그런 것이 성 지붕에 새겨져 있었던 것 같아.”

그러고는 이규대가 김호철을 바라보았다.

“이제 더 귀찮게 하지 마.”

“그게 무슨?”

신 자 하나로 뭘 찾으라는 것인가 하며 바라보는 김호철을 보며 이규대가 말했다.

“이 정도면 내가 해줄 만큼은 해준 것 같다. 너 때문에 죽을 뻔하기는 했지만 나를 살려준 것도 너다. 그래서 은혜 갚는 셈 치고 이번에 복사(卜事)를 해준 거다. 그러니까 앞으로는 나를 다시 찾지 마라.”

이규대의 말에 박천수가 김호철을 바라보았다.

“이규대 말대로 해.”

"네?"

박천수의 말에 김호철이 그를 바라보았다.

"더 이상 물고 늘어지면 도둑놈 되는 거다."

"하지만 제 동생은……."

"이규대가 더 이상 할 수 있는 일도 없어."

"그래도 가능성은……."

"이규대가 더 이상 너와 엮이기 싫다는데 그럼 어떻게 하려고? 이규대를 잡아다 가둬두기라도 할 셈이냐?"

박천수의 말에 김호철이 한숨을 쉬었다. 그러고는 김호철이 이규대를 보며 고개를 숙였다.

"처음 복사를 했을 때 제가 잘못했습니다."

"그런 이야기는 됐고 그냥 앞으로는 서로 모른 척하고 살자고."

이규대의 말에 그를 보던 김호철이 고개를 끄덕였다.

"알겠습니다. 도와주셔서 감사합니다."

동생을 찾을 단서가 성이라는 것과 신이라는 한자가 써진 삼각형 하나밖에 없지만…… 그래도 이것도 감사한 일이다.

동생이 능력자라는 것을 알았고 잘 살고 있다는 것을 알았으니 말이다.

하지만 한 가지 걱정이 있었다. 사람을 고문하고 빌딩에서 떨어뜨리는 놈들과 동생이 같이 있다는 것이 말이다.

'혜원이한테 대체 그동안 무슨 일이 있었던 거지.'

김호철과 박천수는 수정 카페에 있었다. 멍하니 앉아 있는 김호철을 보며 마리아가 커피 잔을 내려놓았다.

"이야기 들었어요. 살아 있는 것 알았으니까. 언젠가는 만나게 되겠죠."

마리아의 위로에 작게 고개를 끄덕인 김호철이 커피 잔을 쥐었다. 따뜻한 잔의 온기에 조금은 마음이 진정되는 것을 느낀 김호철이 문득 마리아를 바라보았다.

"저를 노리는 놈들이 있는데…… 여기에 있어도 될지 모르겠습니다."

김호철의 말에 고윤희가 피식 웃었다.

"오면 오는 대로 조지면 되지. 무슨 걱정이야. 그런 쓸데없는 걱정하지 말고 동생 찾을 생각이나 해."

고윤희의 말에 마리아가 고개를 끄덕였다.

"김호철 씨는 저희 사무소 직원이에요. 사무소 직원을 보호하는 것은 저 소장 마리아의 권리이자 의무예요."

"그래, 그런 쓸데없는 걱정하지 마."

마리아와 박천수의 말에 김호철은 조금 기분이 좋아졌다.

알고 지낸 지 얼마 되지 않은 사람들인데도 자신을 위해 위험을 감수하는 것이다.

"감사합니다."

"감사는 무슨…… 서로 돕고 사는 거지."

김호철의 어깨를 두들기는 박천수를 보며 마리아가 말했다.

"그런데 이규대 씨는 어떻게 하고 두 분만 왔어요?"

"이규대는 능력자 협회에서 데려갔어."

능력자 협회에서는 일신에 위협을 느끼는 능력자들을 보호를 해준다. 물론 타당한 이유가 있어야 하지만 말이다.

"협회라……. 그럼 이규대 씨 안전 문제는 걱정 없겠군요."

"최소한 협회 안에 머무는 동안은 별일 없겠지."

"그럼 이제…… 놈들이 노릴 것은 김호철 씨밖에 없겠군요."

마리아의 말에 고윤희가 웃으며 김호철의 어깨에 손을 올렸다.

"한국을 넘어 일본까지 우리 호철이 인기가 하늘을 찌르네."

고윤희의 말에 김호철이 그녀를 바라보았다.

"내가…… 세 살 많다."

"응?"

"내가 세 살 많다고."

대뜸 말을 놓는 김호철의 모습에 고윤희가 그를 보다가 웃었다.

"아잉! 오빠…… 화 났져요?"

혀 짧은 소리와 함께 뭉클거리는 고윤희의 가슴이 김호철의 등에 닿았다.

자신을 뒤에서 안는 고윤희의 모습에 김호철이 놀라 몸이 굳어졌다. 딱딱하게 긴장으로 굳어버리는 김호철을 보며 고윤희가 그의 귓가에 작게 속삭였다.

"까불면 확 잡아먹어 버릴 거예요."

고윤희의 말에 김호철이 놀라 급히 몸을 일으켰다. 그런 김호철의 등에서 떨어진 고윤희가 생긋 웃었다.

"너 총각이지?"

"총각이다."

결혼을 안 했으니 총각이 맞다. 그런 김호철의 말에 고윤희가 웃었다.

"그런 총각 말고…… 그쪽 총각?"

고윤희가 슬쩍 아래를 보며 하는 말에 김호철이 급히 자신의 하체를 손으로 가렸다.

"그게 무슨……."

"후! 이 누나한테 오빠 소리 들으려면 총각 떼고 와서 까불어. 아니면 이 누나가 총각 떼줄까?"

고윤희가 싱긋 웃으며 하는 말에 김호철의 얼굴이 붉어졌다.

'떼줘!'

하지만 김호철은 차마 그 말을 내뱉을 수가 없었다. 떼 달다고 떼줄 년이 아닌 것이다.

쉬겠다며 방으로 올라가는 김호철을 보던 마리아가 고윤희를 바라보았다.

"호철 씨한테 장난 좀 그만 쳐요."

마리아의 말에 고윤희가 웃으며 의자에 앉았다.

"호철이 긴장 좀 풀리라고 한 거야."

"그래도 처녀가 무슨 그런 농담을 해요."

"농인데 뭘 못해."

"그러다 무당파 어른들 귀에 들어가면 끌려가시는 것 아니에요?"

마리아가 걱정스럽게 보며 하는 말에 고윤희가 웃었다.

"나 같은 머니 카우를 산속으로 잘도 데려가겠다."

무당파에서 무공을 배운 고윤희는 자신이 버는 돈의 대부분을 본산으로 송금하고 있었다. 일 년에 고윤희가 무당파에 보내는 돈만 오십억에 달한다.

무당과 스승에 대한 은혜를 갚기 위해?

그렇지 않다. 옛날이라면 스승과 사제, 그리고 사문의 의리가 있을지 몰라도 지금과 같은 현대에 의리로 그렇게 큰돈을 보낼 의리 있는 사람은 없다.

이유는 단 하나.

더 강한 무공을 배우기 위한 대가였다. 더 강한 무공을 배우기 위해서는 그에 맞는 대가를 지불해야 하는 것이다.

자신의 방에 돌아온 김호철은 책상 위에 놓여 있는 마나석들을 모두 깨끗이 씻었다. 일본 놈과 싸우면서 느낀 것이 필요할 때 쓸 수 없는 것은 있느니만 못하다는 것이었다.

깨끗이 씻고 식초로 버무린 마나석들을 탁자에 늘어놓은 김호철이 한숨을 쉬었다. 탁자에 놓여 있는 마나석들을 모두 먹으려니 벌써부터 배가 불러왔다.

"휴! 그나마 배가 고픈 것이 다행인가."

아침에 싸우고 감옥에 갇힌 동안 먹은 것이라고는 물밖에 없는 것이다.

한숨을 쉰 김호철이 마나석을 하나 집어 통에 넣었다.

나가

통 안에 담긴 나가의 마나석을 가만히 보던 김호철이 꿀을 부었다.

부글부글!

거품을 내며 녹아내리는 마나석을 손가락으로 휘저은 김호철이 통을 입에 가져다 댔다.

"꿀꺽! 꿀꺽!"

단숨에 나가의 마나석을 마신 김호철이 다른 마나석들을 다시 집어 들고 꿀을 붓기 시작했다.

이규대 사무실에서 일이 있은 후 김호철은 자신의 수련에 치중했다. 마음 같아서야 비행기를 타고 일본으로 가서 성이라는 성을 닥치는 대로 가 보고 싶었지만…….

그것이 얼마나 무모한 일인지 알고 있었다. 가지고 있는 단서라고는 성이라는 것과 신이라는 글이 쓰인 삼각형밖에 없지 않은가.

그래서 김호철은 지금 자신이 강해지는 것에 집중했다. 아니, 정확하게 말을 하면 자신의 몸 안에 있는 몬스터들에 대해 공부를 하고 있었다.

게다가 동생과 같이 있는 놈들은 사람 목숨을 우습게 보는 놈들이 아닌가. 혼자 일본으로 갔다가 동생을 만나기도 전에 죽임을 당할 수도 있었다. 힘이 없다면 모를까 힘이 있는 이상 그렇게 당하고 싶은 생각은 없다.

지하 훈련장 한쪽에 김호철이 있었다. 그리고 그 앞에는 김호철의 몬스터들이 한 줄로 서서 걷고 있었다. 그리고 그것을 김호철이 지켜보고 있었다. 몬스터들을 지긋이 지켜보던 김호철이 정신을 집중했다.

'나가, 멈춰.'

정신을 집중해 마음속으로 생각을 하자 앞으로 움직이던 나가의 움직임이 멈춰졌다.

"휴!"

나가가 멈추자 김호철이 한숨을 쉬고는 웨어 라이온을 바라보았다.

'웨어 라이온, 멈춰!'

김호철의 명령에 웨어 라이온도 멈췄다. 연속으로 두 몬스터 움직임을 봉하는 데 성공한 김호철이 고개를 돌렸다.

수련장 한쪽에서 초아가 두 눈을 크게 뜨고 그를 보고 있었다.

"다른 일 할 것 없어?"

김호철의 말에 초아가 그를 주시한 채 입을 열었다.

-수련장 고치는 데 힘들었습니다.

초아의 말에 김호철이 한숨을 쉬었다.

"오거 안 뽑을 거니까. 수련장 부술 일은 없을 거야. 그러니 가서 쉬어."

-괜찮습니다.

지금 초아는 김호철을 감시하는 중이었다. 전에 오거를 소환했을 때처럼 수련장을 부술까 걱정이 돼서 말이다.

그런 초아의 감시하는 시선을 부담스럽게 보던 김호철이 몬스터들을 향해 고개를 돌렸다.

지금 김호철은 몬스터들을 몇이나 꺼내 놓을 수 있는지와 마음으로 명령을 내리는 연습을 하고 있었다.

데스 나이트를 꺼내지 않고 B급 몬스터만 꺼내면 최대 스물두 마리까지 가능했다. 하지만 데스 나이트는 둘이 한계였다.

그리고 둘을 모두 꺼내면 무기는 단 하나만을 뽑을 수 있었다. 거기에 죽을 것 같은 허기를 참으면 웨어 라이온이나 가고일을 하나 더 뽑을 수 있었다.

그러니까 데스 나이트 둘에 무기 하나, 그리고 B급 몬스터 하나 이것이 최대인 것이다.

물론 마나가 충만한 게이트가 열린 곳이라면 모든 몬스터를 꺼내는 것이 가능하겠지만 말이다.

그리고 마음으로 하는 명령도 어느 정도 성과가 있었다. 복잡한 명령은 못 알아들어도 짧은 명령은 전달이 가능해진 것이다.

멈춰, 가, 공격해, 돌아와 같은 명령은 말이다.

김호철이 몬스터들을 보고 있을 때 초아가 문득 입을 열었다.

-김호철 씨, 보셔야 할 뉴스가 있습니다.

"뉴스?"

김호철이 그녀를 보자 초아가 손을 들었다. 그러자 벽면 한쪽이 갈라지더니 커다란 액정이 모습을 드러냈다.

"우와!"

영화관에서 볼 만한 커다란 화면에 김호철이 감탄을 할 때 액정이 켜졌다. 그리고 골렘의 모습이 나타났다.

"골렘?"

골렘의 모습에 김호철이 뭔가 싶어 액정을 바라보았다. 화면은 많이 흔들리고 있었지만 골렘의 모습은 잘 나오고 있었다.

[지금 가거도에 올라온 골렘을 보고 계십니다. 금일 14시 25분 바다에서 골렘 네 기가 모습을 드러냈습니다. 그리고 지금 골렘은 가거도를 가로질러 북상을 하고 있습니다.]

[골렘에 의한 인명 피해는 없습니까?]

[골렘을 처음 발견한 가거도 이장 박수안 씨가 바로 경보

를 울려 주민들을 대피시켜 인명 피해는 없지만 골렘이 움직이면서 배 두 척과 집 몇 채가 파손된 것으로 확인됩니다.]

[이 골렘은 대체 어디서 나타난 것입니까?]

[현재 SG가 퇴치를 해봐야 정확한 것을 알 수 있겠지만, 토종 몬스터로 골렘이 나타난 적은 없으니 게이트를 통한 몬스터로 추정이 됩니다.]

[그럼 바다에 열린 게이트를 통해 올라왔다는 것이군요.]

[그렇습니다.]

[감사합니다. 지금까지 가거도 주민 오기천 시민 특파원이었습니다.]

뉴스를 보던 김호철이 초아를 바라보았다.

-김호철 씨 골렘입니다.

초아의 답에 김호철이 놀란 눈으로 골렘들을 바라보았다.

"저놈들 살아 있었구나."

김호철의 중얼거림에 초아가 그를 보다가 골렘들을 보며 말했다.

-골렘과 김호철 씨의 위치는 정확하게 일직선상입니다.

"그럼 지금 나한테 돌아오고 있다는 말이야?"

-일직선으로 곧장 이동한다고 가정하고 그 사이에 있는 바다와 산과 같은 지형을 생각한다면 돌아오는 데 걸리는 시

간은 67일 12시간 35분입니다.

초아의 말에 김호철이 화면의 골렘에 정신을 집중했다. 목소리는 거리에 영향을 받지만 생각은 거리에 영향을 받지 않는다. 돌아오라는 생각을 강하게 이미지해 골렘들을 불러들이려는 것이다.

그런 김호철의 모습에 초아가 급히 그의 앞에 섰다.

–밖에서 하세요.

"왜?"

–몬스터가 돌아올 때 뇌전이 되어 오는 것으로 알고 있습니다. 건물에 뇌전에 의한 피해 확률이 85%입니다.

초아의 말에 고개를 끄덕인 김호철이 한쪽에 서 있는 몬스터들을 향해 소리쳤다.

"돌아와!"

파지직! 파지직!

김호철의 명령에 몬스터들이 순식간에 뇌전이 되어 그의 몸으로 파고들어왔다. 몸 안에 차오르는 마나를 느끼며 김호철이 서둘러 지하 훈련장을 나섰다.

"뉴스 봤어요?"

마리아의 말에 김호철이 그녀를 봤다.

"소장님도 뉴스 보셨습니까?"

"제가 보고 초아한테 말 전하라고 한 걸요."

말과 함께 마리아가 카페 한쪽에 있는 TV를 가리켰다.

TV에는 뉴스가 실시간으로 중계되고 있었다.

그것을 보며 김호철이 정신을 집중했다.

'돌아와……. 돌아와.'

골렘의 모습을 생각하고 그들이 자신에게 돌아오는 것을 집중하고 또 집중했다.

그러자 TV에 보이는 골렘의 몸에서 뇌전이 강해지기 시작했다.

'반응이 있다. 연습해 두길 잘했구나.'

순간 잡생각과 함께 골렘의 몸에서 나오던 뇌전이 다시 그 몸으로 흡수되기 시작했다.

그 모습에 김호철이 다시 정신을 집중했다.

'돌아와! 돌아와!'

마음속으로 계속 골렘들을 부르자 순간…….

파지직! 파지직!

TV 속 골렘들이 뇌전으로 변하며 하늘로 솟구쳤다.

[아! 골렘들이 갑자기 번개가 돼 하늘로 사라졌습니다.]

TV에서 아나운서의 목소리가 들리는 것과 함께 김호철이 급히 수정 카페 밖으로 뛰어나갔다. 그리고 잠시 있자 남쪽에서 날아오는 뇌전들이 보였다. 몇백 킬로미터를 순식간에 날아 뇌전이 오고 있는 것이다.

"와라!"

양팔을 활짝 펼치며 소리치자 그의 몸에 뇌전이 떨어졌다.

파지직! 파지직!

몸을 타고 흐르는 뇌전과 함께 김호철은 전신에 마나가 충만해지는 것을 느꼈다. 그에 김호철이 주먹을 움켜쥐었다.

파지직! 파지직!

자연스럽게 솟구치는 뇌전을 보며 김호철이 미소를 지었다.

'기특한 놈들…….'

자신을 찾아 바다를 걸어서 건너려 한 골렘들을 생각하니 기특한 것이다.

미소를 지으며 김호철이 자신의 배를 두들겼다.

잃어버렸던 골렘들이 돌아온 것이다.

8장
호철의 능력치

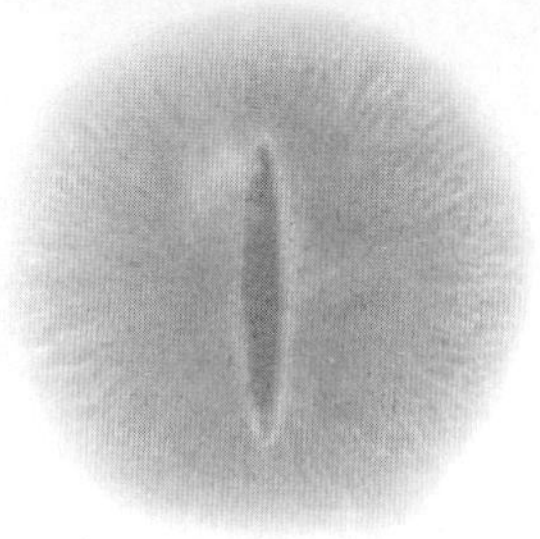

김호철은 부평역 지하상가를 걷고 있었다. 그리고 그런 김호철의 뒤에 커다란 중절모에 마스크를 쓰고 겨울이나 입을 것 같은 커다란 코트를 걸친 자가 따르고 있었다.

쿵! 쿵!

걸을 때마다 묵직한 소리를 내는 자는 바로 데스 나이트였다. 김호철은 자신이 신체적으로 능력자들에 비해 월등히 약하다는 것을 일본 놈들과의 일로 알았다.

박천수 말에 의하면 따로 육체를 단련하지 않아도 시간이 지나면 마나에 의해 육체가 강화될 것이라 했다.

하지만 지금 김호철은 약하고 언제 습격을 당할지 알 수 없는 상황이라 데스 나이트를 보디가드처럼 데리고 다니기로 한 것이다.

하지만 그 외형이 몬스터이니 사람들의 눈에 이상하게 보일 수 있었다. 그래서 중절모와 마스크로 얼굴을 가리게 하고 커다란 코트를 입혀 몸을 가린 것이다.

하지만 한 가지 문제가 있었다. 모습은 가려도 몸 주위에 흐르는 뇌전은 어떻게 가릴 수가 없었던 것이다.

그래서 생각한 것이 옷 안에 전선을 배치해 뇌전을 흡수하게 하고 그것을 메고 있는 가방에 들어 있는 충전지에 충전을 하는 것이었다.

그려본다면 커다란 남자가 중절모와 마스크로 얼굴을 가린 채 날씨와 어울리지 않는 커다란 코트를 입고 등에는 커다란 배낭을 메고 있는 모습이었다.

"저 사람 뭐야?"

"그러게……."

바쁘게 걸어가던 사람들이 이상하다는 듯 수군거리고 돌아보는 모습에 김호철이 데스 나이트를 바라보았다.

자신이 봐도 참 이상하고 병신 같은 모습이었다. 하지만…….

'병신 같은 모습이 몬스터로 다니는 것보다는 낫겠지.'

속으로 중얼거린 김호철은 지하상가를 걷기 시작했다.

보디가드 데스 나이트와 함께 지하상가를 걷던 김호철은 핸드폰 매장에 다가갔다. 데스 나이트를 대동하고 오늘 나온 이유에는 핸드폰 개통도 포함이 되어 있었다.

일본 놈들과 일이 있을 때 핸드폰이 박살이 난 것이다.

"어서 오……."

'오십시오'라는 말을 하려던 점원은 김호철과 그 뒤에 있는 이상한 거구를 보고는 하던 말을 멈췄다.

그런 점원을 보며 김호철이 진열이 된 핸드폰을 보다가 말했다.

"최신 핸드폰이 어떤 겁니까?"

"아!"

그제야 손님은 손님이라는 것을 떠올린 점원이 진열이 된 핸드폰 중 하나를 꺼내 놓았다.

"이번에 출시된 접히는 스마트폰입니다. 스마트폰 주제에 이렇게 반으로 접히고 펴면 어디가 접혔던 거지? 전혀 알 수가 없는 그런 미친 스마트폰이라 할 수 있죠."

"말 재밌게 하시네요."

"실제로 그러니까요. 보세요."

점원이 내미는 스마트폰을 받아 보니 TV 광고로 본 모델이었다.

"이걸로 주세요. 그리고 이전에 사용하던 번호 사용할 수 있죠?"

"그럼요."

핸드폰을 결정하자 사는 것은 순식간이었다. 서류 몇 장에 사인을 하자 김호철 앞에는 핸드폰이 놓여 있었으니 말이다.

핸드폰 전원을 켠 김호철은 인터넷 사이트와 연동시켰다.

인터넷에 저장이 된 전화번호들을 내려받은 김호철이 핸드폰을 주머니에 넣었다.

'이 정도면…….'

속으로 중얼거린 김호철이 슬쩍 주위를 둘러보았다. 주위에는 바쁘게 오가는 사람들로 분주했다. 그런 사람들을 둘러보던 김호철이 천천히 걸음을 옮기기 시작했다.

그렇게 걸음을 옮기던 김호철이 그대로 몸을 낮췄다. 그러고는 재빠르게 옆에서 걸어가는 사내들 옆으로 파고들었다. 사내들과 함께 빠르게 걸음을 옮긴 김호철이 다시 방향을 바꿔 화장실 안으로 숨어들었다.

화장실 안에 몸을 숨긴 김호철이 데스 나이트를 바라보았다.

'앞으로 천천히 걸어가.'

마음속으로 내려진 명령에 데스 나이트가 천천히 앞으로 걸어가기 시작했다. 그런 데스 나이트를 보며 김호철이 화장실 벽에 몸을 가린 채 자신이 왔던 길을 바라보았다.

분주하게 사람들이 오가는 방향을 김호철은 유심히 보며 긴장이 되는 것을 느꼈다.

'걸려들어라……. 걸려들어.'

김호철이 데스 나이트를 끌고 사무소를 나온 이유는 부서진 핸드폰을 사러 온 것이 아니다. 핸드폰을 사러 나온 것은 하나의 핑계고, 일본 놈들을 유인하기 위해서였다.

성 안을 본 것도 아니고 접근했다는 것만으로 한국까지 넘어온 놈들이다. 그런 놈들이 쉽게 물러날 것이라 생각을 할 수 없다. 분명 자신을 몰래 관찰하고 있을 것이다.

그래서 생각한 작전이 바로 이거다. 사람 많고 붐비는 곳에서 데스 나이트를 미끼로 꼬리를 잡는 것…….

"걸려라."

"호오! 그래도 생각은 있었나 보네."

귓가에 작게 속삭여 오는 소리에 김호철이 놀라 뒤를 바라보았다. 그 뒤에는 박천수가 그 뒤에 바짝 몸을 붙인 채 앞을 보고 있었다.

"여기 어떻게?"

놀라 바라보는 김호철을 보며 박천수가 그의 머리를 잡아서는 앞으로 돌렸다.

"잘 봐. 그놈들 얼굴 아는 건 너뿐이잖아."

박천수의 말에 김호철이 앞을 보다가 다시 말했다.

"어떻게 여기에 계신 겁니까?"

"그럼 너 혼자 밖에 보낼 줄 알았냐? 분명 우리 사무소 감시하는 놈들 눈에 발각이 될 텐데.”

“알고…… 계셨습니까?”

김호철의 말에 박천수가 웃으며 그 머리를 툭 쳤다.

“우리가 바본 줄 아나.”

“우리? 팀장님 말고 더 오셨습니까?”

김호철의 목소리에서 불안감이 느껴지자 박천수가 그 어깨를 손으로 잡았다.

“천만이하고 윤희, 그리고 마리아가 왔다.”

“소장님까지?”

“다들 잘 변장하고 왔으니까. 걱정하지 마.”

박천수의 말에 김호철은 불안함과 함께 고마움을 느꼈다.

불안함은 자신의 생각을 직원들이 읽었다면 그놈들도 알아챘을까 하는 것이고…….

고마움은 아무 말도 하지 않고 나온 자신의 뒤를 사무소 직원들이 지켜주고 있었다는 것이었다.

‘가족과 같다라…….’

잠시 생각을 하던 김호철이 앞을 바라보다 그의 얼굴이 굳어졌다. 평범한 청바지와 티를 입고 모자를 썼지만 분명 자신을 공격했던 그 일본 놈이 사람들 틈에 섞여 나타난 것이다.

김호철의 몸이 긴장으로 굳어지는 것을 느낀 박천수가 말했다.

"어디야?"

박천수의 말에 김호철이 손가락을 들어 일본 놈을 가리켰다. 그 일본 놈의 얼굴을 유심히 보던 박천수가 케이스에서 담배를 한 대 꺼내 물었다.

그 모습에 화장실을 나가던 사람이 슬쩍 그를 바라보았다. '지하상가 내에서 흡연이라니……' 하는 표정을 짓는 사내를 보며 싱긋 웃은 박천수가 김호철을 바라보았다.

"어떻게 할래?"

박천수의 말에 김호철이 그를 슬쩍 보고는 말했다.

"만나야죠."

"너를 죽이려 할 수도 있어."

"제 몬스터를 믿습니다. 그리고…… 죽이려 했다면 여기 오기 전에 저격할 수도 있었습니다."

김호철의 말에 박천수가 고개를 끄덕였다. 능력자라고 만능은 아니다. 눈에 보이지 않는 곳에서 날아오는 총탄은 피하지 못하면 죽는 것이다.

"뒤를 부탁합니다."

박천수를 보며 작게 말을 한 김호철이 화장실에서 걸어 나왔다.

"빠가야로!"

김호철의 고함에 순간 일본, 아베의 시선이 그를 향했다. 한국에서 일본 욕이 들리자 자기도 모르게 시선이 그로 향한 것이다.

그리고 아베는 자신을 향해 다가오는 김호철을 볼 수 있었다.

"역시…… 함정이었습니까?"

아베가 주위를 둘러볼 때 김호철의 뒤에 데스 나이트가 어느새 다가와 섰다. 나서는 순간 정신으로 데스 나이트를 다시 불러들인 것이다.

데스 나이트를 대동한 채 아베에게 다가간 김호철이 말했다.

"전에는 대화가 짧았습니다."

"미리 한 가지 말을 하자면 지금 이 몸은 분신입니다. 그 말은 지금 저를 잡아도……."

"전처럼 소용이 없다는 거군요."

"맞습니다."

고개를 끄덕인 아베가 김호철을 보다가 품에서 핸드폰을 꺼내 던졌다.

타앗!

아베의 핸드폰을 받은 김호철이 뭐냐는 듯 그를 바라보았다.

"화면부터 보시죠."

아베의 말에 김호철이 핸드폰 화면을 바라보았다. 화면에는 검은 머릿결을 가진 아직은 앳된 얼굴을 한 여자가 찍혀 있었다.

일본 만화에 나오는 신녀와 비슷한, 아니, 같은 복장을 한 여자가 있었다.

"아……."

사진을 보는 순간 김호철은 느낄 수 있었다.

'혜원이…… 예쁘게 컸네.'

사진 속 여자가 자신의 동생 김혜원이라는 것을…….

가만히 사진을 보던 김호철이 미소를 지으며 그 사진을 손으로 쓰다듬었다. 자신의 손에 따라 위아래로 흔들리는 사진을 보던 김호철을 향해 아베가 말했다.

"당신의 동생이 누구인지 알아봤습니다. 보니 있더군요. 저희 쪽에 당신의 동생이."

아베의 말에 김호철이 그를 바라보았다. 그 시선을 받으며 아베가 말했다.

"동생분이 예쁘더군요."

"당신들…… 아니, 우리 혜원이는 잘 있는 거야?"

"김혜원 씨는 잘 있습니다."

"너희들 대체 뭐야. 우리 혜원이를 데리고 무슨 일을 하는 거야."

김호철의 물음에 아베가 고개를 저었다.

"우리는 그저……."

잠시 말을 멈춘 아베가 김호철을 보며 말했다.

"존재하는 자들입니다."

"그게 무슨?"

김호철의 물음에 아베가 작게 고개를 젓고는 입을 열었다.

"당신을 만나러 온 이유는 할 이야기가 있어서입니다. 저희에 대해 조사하지 마십시오. 염사도 하지 마십시오. 그런 일은 혜원 양의 일신에 위험을 초래하게 될 뿐입니다."

"혜원이를 만나고 싶다."

"강해지십시오. 자신의 능력에 익숙해지시고 그리되면 혜원 양을 만나시게 될 것입니다. 그럼……."

말과 함께 아베의 모습이 그대로 흩어지며 사라졌다.

"으득!"

사라져 버리는 아베의 모습과 함께 박천수가 다가왔다.

"뭐래?"

박천수의 말에 아베가 사라진 곳을 보던 김호철이 입을 열었다.

"자신들에 대해 조사하지 말라는군요."

"그리고?"

김호철이 손에 들린 핸드폰 사진을 보여주었다.

"예쁘네."

"우리 혜원입니다."

"아……."

사진 속 혜원이 사진을 보던 박천수가 말했다.

"그리고?"

"강해지라고 했습니다. 강해지면 혜원이를 만나게 될 것이라고……."

"호철이를 이용하겠다는 거군."

고윤희의 목소리에 김호철이 고개를 돌렸다. 어느새 왔는지 고윤희가 그의 옆에서 사진을 보고 있었다.

그런데 고윤희는 교복을 입고 있었다.

"제가 강해지면 혜원이를 볼 수 있을까요?"

"무슨 이야기를 들은 거야. 너를 이용하려 할 거라니까."

"이용이든 뭐든…… 제가 강해져야 합니다. 그래야 혜원이를 볼 수 있고 놈들을 박살 내버릴 수 있으니까."

김호철의 말에 박천수가 고개를 끄덕였다.

"그래, 네 말이 맞다. 일단 강해지고 나서 네 동생을 구해오는 것이 맞다."

박천수의 말에 김호철이 혜원이 사진을 바라보았다.

'강해진다. 지금은 그것만 생각하자. 그래야…… 혜원이를

찾을 수 있어.'

김호철은 어두운 지하 훈련장에 앉아 있었다.

지하 훈련장의 조명은 모두 꺼져 있었고 오직 김호철이 앉아 있는 곳 위에만 조명이 비추고 있었다.

어떻게 보면 그의 정신 속에 있는 몬스터 방과 비슷한 공간에 앉은 김호철은 정신을 집중하고 있었다.

정신을 집중한 김호철이 데스 나이트를 떠올렸다.

'데스 나이트.'

파지직!

김호철의 몸에서 뇌전이 뿜어지며 그 앞에 데스 나이트의 모습이 나타났다. 이제는 입을 열지 않아도 몬스터를 부리는 것에 제법 익숙해진 김호철이 데스 나이트를 바라보았다.

'일반 데스 나이트보다 강한 공격력과 뛰어난 방어력…….'

데스 나이트를 가만히 보던 김호철이 몸을 일으켰다.

스윽!

그러고는 데스 나이트에게 다가갔다.

"오거에게는 통했는데 너한테도 통할지 모르겠다. 하지만…… 나 좀 도와줘."

작게 중얼거리며 이제는 친근한 데스 나이트를 보던 김호철이 그 몸에 손을 올렸다.

"합체."

합체라는 말과 함께 김호철은 데스 나이트가 자신과 하나가 되는 것을 이미지했다.

파지직! 파지직!

김호철의 이미지에 데스 나이트가 뇌전이 돼 그의 몸 주위에 흐르기 시작했다.

자신의 몸에 흐르는 뇌전을 보던 김호철이 고개를 저었다. 자신이 원하는 것은 이런 이미지가 아니었다.

"분리."

김호철의 이미지에 그의 몸에서 흐르던 뇌전이 솟구치며 다시 데스 나이트로 바뀌었다.

그런 데스 나이트를 보던 김호철이 생각에 잠겼다.

"뭔가 간절한 이미지 같은 것이 필요해. 오거의 힘을 뽑아 썼을 때처럼……."

오거의 힘을 뽑아낼 때에는 그 힘만을 생각했다. 강력한 힘을 가져오는 것…….

하지만 지금은 생각이 하나가 아니다. 데스 나이트의 힘과 방어력 그 두 가지를 동시에 이미지화하니…….

생각을 하던 김호철이 손뼉을 쳤다.

짝!

“이미지…… 바로 눈앞에 현물이 있잖아. 힘과 방어력. 창과 방패, 아니, 갑옷과 망치.”

데스 나이트의 공격력과 방어력을 이미지화할 방법이 떠오른 것이다.

생각과 함께 김호철이 데스 나이트를 가만히 바라보았다. 데스 나이트의 갑옷과 망치를 자신이 들고 있는 이미지를 그리면서 말이다.

‘데스 나이트의 갑옷과 망치를 내가 입고 든다.’

김호철은 지하 훈련장에 들어서다 걸음을 멈췄다.

대련 중 조용히 할 것.

고윤희가 적었을 것이 분명해 보이는 문구를 보며 김호철이 살며시 지하 훈련장 문을 열었다.

채채채챙! 채챙!

문을 열자마자 쇠붙이 부딪히는 소리가 요란하게 들려왔다. 고개를 안에 넣어 보니 훈련장 가운데에서 박천만과 고윤희가 치열하게 싸우고 있었다.

채채챙! 채챙!

고윤희의 검이 박천만의 몸을 찌를 때마다 날카로운 금속음이 들렸고, 박천만은 고윤희를 잡기 위해 연신 빠르게 움직이고 있었다. 하지만 박천만에 비해 고윤희가 더 빨랐고 공격을 더 잘 피했다.

박천만이 아무리 능숙한 능력자라해도 박투 능력에 한해서는 전문적으로 싸우는 기술, 무공을 익힌 무림인에게 상대가 되지 못하는 것이다.

채채채챙!

그렇게 한참을 싸우던 두 사람이 동시에 뒤로 물러났다.

"후!"

길게 숨을 내쉰 고윤희가 개운하다는 듯 양팔을 크게 펼쳤다가 오므리며 박천만을 향해 말했다.

"천만 오라버니는 타격감이 있어서 좋다니까."

고윤희의 말에 박천만이 그녀를 힐끗 보고는 입고 있던 티셔츠를 손으로 잡고는 강하게 잡아당겼다.

쫘아악!

그렇지 않아도 고윤희의 검격에 넝마가 다 되어버린 티셔츠가 그 손에 그대로 찢겨져 나갔다.

선명한 왕 자 복근에 잘 다듬어진 근육에는 붉게 달아오른 검흔이 셀 수 없이 새겨져 있었다.

몸을 금속화했지만 그 충격까지 모두 사라지게 할 수는 없는 것이다. 검흔을 눈으로 살핀 박천만이 고윤희에게 포권을 하며 고개를 숙였다.

그 모습에 고윤희도 포권을 하며 예를 취하고는 김호철을 향해 고개를 돌렸다.

"잘 봤어?"

고윤희의 말에 김호철이 박천만에게 작게 고개를 숙이고는 그녀에게 다가갔다.

"강하시군요."

"나 강한 거야 다 아는 사실인데 새삼스럽게."

웃으며 손에 쥔 검을 몇 번 허공을 향해 휘두르는 고윤희를 보던 김호철이 그녀를 보다가 데스 나이트를 소환했다.

파지직!

허공에 나타나는 데스 나이트의 모습에 고윤희가 호기심 어린 눈으로 김호철을 바라보았다.

"그런데 요즘 하는 일이 뭐야?"

"뭐가요?"

"데스 나이트를 소환했다가 흡수했다가를 계속 반복하던 것 말이야."

"아."

고윤희의 말에 미소를 지은 김호철이 데스 나이트를 바라보았다.

"합체."

김호철의 말에 데스 나이트가 뇌전이 되어 그의 몸으로 날아들었다.

파지직! 파지직!

뇌전을 몸에 두른 김호철을 고윤희가 보다가 놀란 듯 말했다.

"데스 나이트!"

김호철을 두르고 있는 뇌전이 데스 나이트의 모습을 희미하지만 띠고 있는 것이다.

고윤희의 말에 김호철이 미소를 지으며 초아를 불렀다.

"초아."

김호철의 부름에 초아가 모습을 드러냈다. 그러고는 손을 들자 허공에 김호철의 환영이 나타나기 시작했다.

자신의 모습과 완벽하게 일치하는 환영을 보며 김호철이 고개를 끄덕였다.

"이제는 많이 비슷해 보이네."

김호철의 말에 초아가 그를 보며 말했다.

－데스 나이트와 싱크로율은 14%입니다.

초아의 답에 김호철이 고개를 끄덕였다. 실제 데스 나이트와 비슷한 점이 14%에 불과하기는 하지만 처음에 비하면 많이 나아졌다. 최소한 데스 나이트의 윤곽은 보이니 말이다.

허공에 떠 있는 자신의 모습을 보던 김호철이 고윤희를 바라보았다.

"데스 나이트의 방어력과 공격력을 제가 사용할 수 있게 연습하는 중입니다."

김호철의 말에 고윤희가 그를 보다가 고개를 저었다.

"좋은 생각이기는 한데 뭐 하러 그런 짓을 해? 너는 뒤에서 몬스터만 조종을 하는 것이 더 낫지 않아?"

"저는 약합니다. 제가 직접 공격을 당한다면 살아남을 수 없습니다."

"바로 소환 가능하잖아."

고윤희의 말에 김호철이 그녀를 보다 말했다.

"고 팀장님이라면 제가 몬스터를 부르기 전에 제압 가능하시겠죠?"

김호철의 말에 고윤희가 웃었다.

"몬스터를 불러도 너 제압하는 것이야 쉽지. 몬스터 피해서 한 칼 먹이면 끝이니까. 그리고 네가 부른 몬스터들 강하기는 해도 단순하잖아."

고윤희의 말에 김호철이 고개를 끄덕였다. 예전 마리아가 지적을 했던 것처럼 그가 부리는 데스 나이트는 일반 데스 나이트에 비해 뇌 속성을 가지고 있어 더 강하고 더 방어력이 뛰어나다.

하지만 싸우는 방법은 단순하다. 데스 나이트, 기사로서 가진 전투 방법을 사용하지 못하는 것이다.

“그래서 데스 나이트의 힘을 제가 얻으려는 겁니다. 최소한 데스 나이트의 방어력을 가지게 되면 고 팀장님의 한 칼 정도는 받아도 살지 않겠습니까?”

김호철의 말에 고윤희가 잠시 그를 보다가 웃으며 말했다.

“열심히 해봐. 데스 나이트 방어력을 가질 수 있다면 손해 보는 일은 아니니까.”

말과 함께 고윤희가 기지개를 켜고는 걸음을 옮겼다.

“가서 씻어야겠다.”

지하 훈련장 한쪽에 있는 샤워실로 들어가는 고윤희를 보며 김호철이 허공에 떠 있는 자신의 환영을 바라보았다.

“좋아! 시작하자. 초아, 데스 나이트.”

김호철의 말에 초아가 손을 들었다.

그러자 김호철의 환영 옆에 데스 나이트가 모습을 드러냈다. 그것을 보며 김호철이 자신의 환영을 다듬어 나가기 시작했다.

“어깨 쪽 갑옷을 조금 더 각지게…….”

머릿속에서 하는 이미지화와는 달리 자신의 모습을 눈으

로 보고 확인하며 하는 것은 확실히 이미지화하는 데 도움이 되었다.

김호철의 몸에 어려 있는 흐릿한 데스 나이트의 모습이 김호철의 중얼거림과 함께 조금씩 제 모습을 찾아가기 시작했다.

지하 훈련장에서 데스 나이트를 자신의 몸에 합체시키는 이미지 훈련을 하던 김호철은 식사 시간이 되자 수정 카페로 올라갔다. 이미 카페의 바에는 직원들이 모여서 카레를 먹고 있었다.

'역시…… 카레네. 다른 메뉴는 없는 건가?'

사무소 직원들은 늘 카페에서 식사를 했는데, 밖에서 음식을 시켜 먹지 않는 이상은 대부분 마리아가 주는 것을 먹었다.

바로…… 카레…….

마리아의 카레가 맛이 없는 것은 아니다. 처음 먹었을 때 김호철도 맛있어서 깜짝 놀랐었으니 말이다.

다만…… 삼시 세끼가 다 카레인 것이 문제지.

김호철이 카레를 보며 입맛을 다실 때 마리아가 웃었다.

"호철 씨, 입맛만 다시지 말고 이리 와서 드세요."

마리아의 말에 박천수가 한숨을 쉬었다.

"호철이 너는 카레가 질리지도 않냐. 아직도 입맛을 다시게."

박천수의 말에 김호철이 작게 고개를 젓고는 바 앞에 앉았다.

"다른 메뉴는 없습니까?"

"있죠. 커피 한 잔 드려요?"

마리아의 말에 김호철이 한숨을 쉬고는 카레에 숟가락을 들이밀었다.

"그냥 먹겠습니다."

"행복한 줄 아셔야 돼요. 매일매일 이렇게 맛있는 카레를 드실 수 있잖아요."

카레를 맛있게 먹는 마리아를 보며 사무소 직원들이 한숨을 쉬며 카레를 먹기 시작했다.

딸랑!

그들이 카레를 먹을 때 종소리가 들려왔다.

"저 왔어요."

앳된 목소리에 김호철이 고개를 돌렸다. 문을 열고 들어온 것은 이제 중학생이나 될까 싶은 어린아이였다.

"어, 왔냐."

"밥 먹었어? 안 먹었으면 카레 먹을래?"

마리아의 말에 소년이 고개를 저었다.

"내일부터 질리도록 먹을 건데 뭘 벌써부터 먹어요."

그러고는 소년이 바를 보다가 김호철을 보고는 웃으며 다가왔다.

"형이 그 몬스터 소환하는 새로운 분이죠? 정민이에요."

정민의 모습에 김호철이 의아한 듯 소년을 바라보았다. 그 모습에 박천수가 웃으며 말했다.

"호철이는 처음 보겠네. 윤희 팀원 정민이야."

"아."

박천수의 말에 김호철이 카페 한쪽 벽을 바라보았다. 그 벽에는 문신을 새긴 직원들에게만 보이는 명부가 적혀 있었다.

마리아-수정 카페

1팀: 박천만-수정 카페

오현철-수정 카페

제갈현탁-제주도

2팀: 박천수-수정 카페

김호철-수정 카페

3팀: 고윤희-수정 카페

황규남-전주

정민-수정 카페

마리아가 오렌지 주스를 따라 정민의 앞에 내려놓았다.

"그런데 아직 방학 되려면 멀었는데 어떻게 왔어?"

"주말이기도 하고 수업이야 며칠 째면 되죠."

"어머니가 뭐라고 안 하셔?"

"성적만 안 떨어지면 뭐라고 안 하세요."

주스를 마신 정민이 김호철을 바라보았다.

"몬스터 구경 좀 시켜주시면 안 돼요?"

대뜸 몬스터 구경을 시켜 달라는 정민의 말에 김호철이 작게 고개를 저었다.

"지금 밥 먹으니까. 이따 지하 훈련장에서 보여줄게."

"그럼 형 상태창 좀 봐도 돼요?"

뜬금없는 상태창이라는 말에 김호철이 그를 바라보았다.

"무슨 창?"

의아해하는 김호철을 보며 박천수가 말했다.

"게임 캐릭터 상태창을 말하는 거야."

"게임?"

"정민이 능력은…… 게임 속 스킬과 그 능력이야."

"게임 속 스킬과 능력?"

이게 무슨 말인가 싶어 바라보는 김호철을 보며 박천수가 말했다.

"그렇지 않아도 너는 네 능력도 잘 모르니 한번 해두는 것도 좋겠다. 해봐."

박천수의 말에 김호철이 그를 보다가 정민을 향해 고개를 돌렸다.

"어떻게 하는 건데?"

"제 손을 잡으세요."

김호철이 손을 잡자 정민이 말했다.

"김호철, 당신의 상태창을 봐도 되겠습니까?"

그러자 김호철의 눈에 허공에 나타나는 글이 보였다.

〈상태창을 오픈하시겠습니까? YES or NO〉

마치 게임 속 명령어처럼 보이는 글을 신기한 눈으로 보던 김호철이 'YES'를 손가락으로 눌렀다.

화아악!

김호철의 몸에서 희미한 빛이 흘러나오더니 허공에 글씨들이 나타나기 시작했다.

이름: 김호철

나이: 26

종족: 인간

성별: 남성

스킬:

뇌전(LV.12)

치즈(LV.6)

바위(LV.6)

몬스터 소환(LV.11)

몬스터 합체(숙련도 27%)

힘: 17

민첩: 27

마력: 742

체력: 31

9장
두 번째 게이트

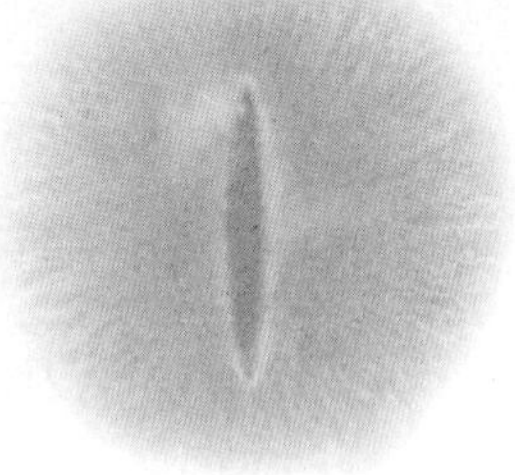

허공에 떠오른 수치와 스킬에 김호철이 호기심 어린 눈으로 그것을 바라보았다.

"우와! 마력 742!"

정민의 놀람에 찬 외침에 주위에 있던 사람들의 얼굴에도 놀람이 떠올랐다.

"마력이 742!"

"742! 말도 안 돼!"

사람들의 외침에 김호철이 그들을 바라보았다.

"왜들 그러세요?"

김호철이 그들을 보자 박천수가 그 어깨를 두들겼다.

"너…… 대단한 놈이었구나."

"네?"

의아해하는 김호철을 보던 박천수가 정민을 바라보았다.

"다른 능력치는?"

박천수의 말에 김호철이 고개를 갸웃거렸다.

"안 보이십니까?"

"지금 형이 보고 있는 상태창은 저하고 형만 보여요. 어떻게, 말을 해줄까요?"

김호철이 고개를 끄덕이자 정민이 말했다.

"힘 17, 민첩 27, 마력 742, 체력 31이에요."

정민의 말에 박천수가 황당하다는 듯 김호철을 바라보았다.

"뭐가 이래?"

"안 좋은 겁니까?"

김호철의 말에 박천수가 고개를 저었다.

"안 좋을 것은 없지. 다만 마력이 너무 높아서 놀란 거야. 그리고 다른 능력은 너무 떨어져서 더 놀란 거고."

"떨어져요?"

김호철은 의아했다. 마력이야 그동안 그가 먹어댄 마나석 값을 생각한다면 당연하다. 하지만 자신이 일반인보다 체력이 떨어진다는 생각을 해본 적이 없는 것이다.

"보통 능력자 정도 되면 평균 수치가 백에서 왔다 갔다 하지. SG 정도 되면 백오십에서 왔다 갔다 하고…… 일류급이라 할 수 있는 헌터들은 삼백에서 사백에서 왔다 갔다 하고."

박천수의 말에 옆에 있던 오현철이 입을 열었다.

"참고로 내 힘은 400대지."

"피이! 힘만 무식하게 높아서 뭐에다 써요. 나처럼 민첩이 높아야지."

웃으며 고윤희가 김호철을 바라보았다.

"내 민첩은 300대 후반이야. 그리고 힘도 300대지."

두 사람의 말에 김호철은 그게 높은 건가 낮은 건가 생각을 하다가 자신의 수치를 바라보았다.

'힘 17, 민첩 27……. 나하고는 비교할 수가 없구나.'

김호철이 그런 생각을 하고 있을 때 마리아가 웃으며 말했다.

"호철 씨야 아직 각성한 지 한 달도 안 됐잖아요. 다른 수치들이야 시간이 지나면 마나가 알아서 올려줄 거예요."

"하긴 그것도 그러네. 그러고 보니 일반인에 비하면 수치가 높은 편이라 해야 하나?"

박천수의 말에 김호철이 그를 바라보았다.

"일반인 수치는 어떤데요?"

"운동 안 한 사람이 십 정도고 운동 좀 많이 했다 한 사람이 이십…… 국가 대표급 선수들 정도면 삼십까지도 되지."

"그럼 체력만큼은 국가 대표급?"

체력이 31이니 말이다. 기분이 좋아진 듯한 김호철의 얼굴에 박천수가 웃었다.

"국가 대표라도 일반인이야. 능력자와 체력적으로 비교하면 안 되지."

말을 한 박천수가 김호철을 힐끗 보고는 말을 이었다.

"어쨌든 각성한 지 얼마 되지도 않았는데 이 정도 수치면 대단한 거네. 마나가 많아서 그런가?"

박천수의 중얼거림을 들으며 김호철은 아직 허공에 떠 있는 자신의 상태창을 바라보았다.

"그런데 몬스터 합체는 왜 숙련도로 되어 있는 거지?"

김호철의 물음에 정민이 스킬창을 보고는 말했다.

"스킬이 만들어지고 있는 거죠. 숙련도가 백이 되면 스킬이 활성화가 될 거예요."

정민의 말에 김호철이 스킬창을 보다가 고개를 끄덕였다. 무슨 말인지 이해를 한 것이다.

그런 김호철을 보며 정민이 스킬창을 없앴다.

"어쨌든 형 봐서 좋네요."

어른처럼 손을 내미는 정민의 손을 잡은 김호철이 말했다.

"그런데 게임 능력이란 것은 어떤 거야?"

김호철의 물음에 정민이 의자를 가져다 앉았다.

"말 그대로예요. 현실 속에서 게임 스킬을 사용하는 거예요."

"현실에서 게임 스킬이라……. 그런데 그게 어떻게 되는 거지?"

"그걸 제가 어떻게 알겠어요. 되니까 되는가 보다 하는 거죠."

정민의 말에 생각을 해보니 그 말이 맞았다.

'나도 내 능력이 어떻게 되는지 잘 모르는데…….'

속으로 중얼거린 김호철이 카레를 먹기 시작했다.

'그나저나 참 특이한 능력 많네.'

게임 속 스킬까지 사용하는 능력자까지 보게 된 것이다. 김호철이 그런 생각을 하고 있을 때 초아가 모습을 드러냈다.

－능력자 협회에 게이트 의뢰가 올라왔습니다.

초아의 말에 마리아가 그녀를 바라보았다.

"어디야?"

－강원도 춘천 소양강입니다.

말과 함께 초아가 손을 들자 허공에 지도가 떠오르더니 게이트가 열릴 장소가 표시가 되었다. 그것을 본 마리아가 입맛을 다셨다.

"강 위네."

조금은 마음에 들지 않는 듯 고개를 저은 마리아가 직원들을 바라보았다.

"이번 게이트는 안 가는 것이 낫겠네요."

마리아의 말에 직원들이 고개를 끄덕였다. 발을 딛지 못하는 물 위에서의 싸움은 아무리 능력자라도 싫은 것이다. 물에 빠져 죽을 수도 있으니 말이다.

다들 안 가겠다는 분위기에 김호철이 손을 들었다.

"저는 가고 싶습니다."

김호철이 가고 싶다는 말에 마리아가 잠시 그를 보다가 고개를 끄덕였다.

"호철 씨는 가고일이 있으니…… 그럼 박천수 팀장님이 같이 가세요."

마리아의 말에 박천수가 한숨을 쉬며 김호철을 바라보았다.

"꼭 가야겠냐? 물 위에서 몬스터와 드잡이하는 것은 싫은데."

"돈 벌어야 합니다."

김호철의 말은 사실이다. 이때까지는 혜원이를 찾기 위해 돈을 벌었다면 지금은 혜원이를 찾으면 행복하게 살 수 있도록 돈을 벌어야 한다.

혜원이와 살 집도 사야 하고 혜원이 시집도 보내야 한다. 그러려면 부지런히 돈을 벌어야 한다.

일을 가릴 처지가 아니었다.

김호철은 박천수와 함께 강원도 춘천에 있는 소양강에서 작은 보트를 타고 있었다. 출렁이는 강의 물결을 보며 김호철은 찐빵을 씹고 있었다.

"춘천 찐빵이 맛이 좋지."

박천수의 말에 김호철도 동감이라는 듯 고개를 끄덕였다. 그런 김호철을 보며 음료수 캔을 박천수가 던졌다.

탓!

캔을 받는 김호철을 보며 박천수가 뒤 쪽에 있는 소양강 댐을 바라보았다.

"댐이라……. 이번 일 잘못되면 위험하겠어."

박천수의 말에 김호철이 캔을 따고는 댐을 바라보았다. 댐 주위에는 김호철이 탄 것과 비슷한 보트들이 떠다니고 있었다. 그리고 댐 위와 강가에는 군인들이 경계를 서고 있었다.

"하필이면 물 위고…… 가까운 곳에 댐이 있으니 안 좋군요."

능력자라도 물 위는 불편하다. 물에 관한 능력이 없는 이상 물에 빠지면 전투는커녕 살아남기 위해 수영을 해야 하는 것이다.

게다가 댐이 가까이 있다. 댐이 터지면 난리가 나니 군인들의 화력 지원을 받기 어려운 것이다.

또, 댐이 터지면 강 위에 보트를 타고 있는 사람들도 다 떠내려가 버릴 것이니…… 비행 능력이 없는 이는 대부분 죽어버릴 것이다.

김호철의 중얼거림에 박천수가 웃었다.

"이제는 프로가 다 됐네. 많이 컸어."

일본 놈과 일이 있은 후 김호철은 강해지기 위해 노력했다.

"공부 많이 했습니다."

김호철이 먹던 찐빵을 입에 밀어 넣었다. 그런 김호철을 보며 박천수도 찐빵을 입에 넣었다.

"왜 직원들이 강이라는 말에 오지 않으려 한지 아냐?"

"움직이기 불편해서 그런 것 아닙니까?"

"맞아. 윤희나 천만, 그리고 현철 형은 근접 전투를 전문으로 하는 이라 물 위는 싸우기 불편하지."

"팀장님은?"

"나도 물 위에서는 능력에 제약을 받지. 그래서 오기 싫었던 거고."

말과 함께 박천수가 담배를 한 대 꺼내 입에 물었다. 그 모습에 김호철은 그의 제약이 뭔지 알았다.

'담배가 물에 젖으면 연기를 못 뿜어내시겠구나.'

"죄송합니다."

"됐어. 제약을 받는 거지 싸울 방법이 없는 것은 아니니까."

담배에 불을 붙이고 한 모금을 내뱉은 박천수가 말했다.

"게이트가 열리면 잡몹들은 모두 물에 빠져 버릴 거야."

"비행형과 마법형만 남겠군요."

"아니면 수중형 몬스터들만 나올 수도 있어. 가끔씩 그런 경우도 있으니까."

고개를 끄덕인 박천수가 슬쩍 몸을 일으켰다.

"슬슬 마나가 강해지는 것을 보면 이제 곧 열리겠군."

박천수의 말에 김호철이 고개를 끄덕였다. 그렇지 않아도 점점 숨을 쉬기 어려워질 정도로 마나의 압박이 심해지는 것을 느낀 것이다.

'두 번째 게이트.'

그동안 다른 의뢰를 처리한 적은 있지만 게이트 일은 북한 이후 처음인 것이다.

북한에서의 경험을 생각을 한 김호철이 박천수를 바라보았다. 박천수는 몸에 충만해져 오는 마나에 미소를 짓고 있었다.

그런 박천수를 보던 김호철이 데스 나이트를 소환했다.

파지직! 파지직!

뇌전과 함께 나타나는 데스 나이트의 어깨에 김호철이 손을 올렸다.

"합체."

파지직!

데스 나이트가 뇌전으로 변하며 김호철의 몸을 감싸 안았다.

파지직! 파지직!

아직은 완벽한 형태를 이루지는 않았지만 김호철은 그다지 걱정하지 않았다. 완벽하지는 않은 지금 이 상태에서도 총알 정도는 막아준다. 자신의 팔에 둘러진 데스 나이트의 갑옷 형태에 총을 발사해 실험을 해본 것이다.

지금 상태에서는 수류탄을 껴안고 폭발시켜도 살아남을 것 같았다. 물론 위험할 것 같아 직접 시도를 해보지는 않았지만 말이다.

파지직!

자신의 몸에서 흐르는 뇌전을 느끼며 가고일을 불렀다.

"가고일."

파지직! 파지직!

김호철의 몸에서 뿜어진 뇌전이 가고일을 만들어냈다. 예의 뇌전을 몸에서 흘리는 가고일의 앞에 등을 지고 선 김호철이 말했다.

"가자."

김호철의 말에 가고일이 그를 안고는 날개를 펄럭이며 솟구치기 시작했다.

펄럭! 펄럭!

하늘로 솟구치는 가고일에 안긴 김호철의 눈에 강 위에 마나의 빛이 모여드는 것이 보였다. 그것을 보며 김호철은 온몸에 스며들어 오는 마나의 힘을 느꼈다.

점점 더 충만해지는 마나를 느끼며 김호철이 숨을 골랐다. 이제 곧 온몸이 터질 것 같은 마나의 충만감을 느낄 것이다.

"후우!"

숨을 길게 내쉰 김호철이 가고일을 높게 날게 했다.

펄럭! 펄럭!

자신의 의지에 따라 하늘 높이 날아오르는 가고일의 팔에 안겨 아래를 주시하던 김호철이 가고일을 두 마리 더 소환했다.

파지직! 파지직!

가고일의 소환에 따라 마나가 조금은 빠져나갔지만, 빠져나간 마나와는 비교도 할 수 없는 마나가 김호철의 몸에 흡수가 되었다.

"크으윽!"

마나의 양이 점점 더 강해지는 것에 김호철이 입술을 깨물었다. 지금 이 마나의 폭발적인 증가를 늦출 방법은 있다. 김호철이 소환 가능한 몬스터들을 모두 소환해 내는 것…….

하지만 김호철은 가고일 외의 몬스터를 더 소환하지 않았다.
김호철은 한 가지 실험을 해보고 싶은 것이 있었다.
바로…….
'완벽한 데스 나이트를 만들어낸다.'
김호철 그가 가장 의지하는 데스 나이트는 완벽하지 않다. 그래서 완벽한 데스 나이트를 만들어내려는 것이다.
주루룩!
게이트에서 나오는 마나가 강해지기 시작하자 김호철의 몸을 압박하는 힘도 더욱 강해지기 시작했다.
이를 깨물며 김호철은 그 힘에 저항하지 않았다. 오히려 몸에 힘을 빼고 몸을 압박해 오는 마나를 느끼려 집중했다.
그러자 김호철의 몸에 더욱 강한 마나의 압박이 느껴졌다.
주루룩!
그런 마나의 압박에 김호철의 코에서 피가 흘러내리기 시작했다. 온몸에 가득 차오르는 마나를 느끼며 김호철은 그 힘들을 받아들였다.
그러다 문득…….
'왜 나만 이렇게 마나를 많이 받아들이는 거지?'
뜬금없지만 이런 의문이 들었다. 그런 생각을 하던 김호철은 정신을 잃을 것 같은 현기증을 느꼈다. 그가 받아들일 수 있는 마나의 한계가 온 것이다.

이러다가는 북한에서처럼 기절을 할 것을 안 김호철이 정신을 바짝 차리며 마나를 강하게 뿜어내기 시작했다.

파지직! 파지직!

김호철의 몸에 흡수된 마나가 뇌전으로 변하며 그를 감싼 데스 나이트의 몸에 감기기 시작했다.

파지직! 파지직!

그와 함께 김호철의 몸이 강하게 꿈틀거리기 시작했다. 하지만 이것은 김호철의 반응이 아니었다. 김호철의 몸에 씌워진 데스 나이트가 꿈틀거리자 그의 몸도 같이 꿈틀거리는 것이다.

고통스럽다는 듯 몸을 비틀어대는 데스 나이트를 느끼며 김호철이 더욱 마나를 뿜어내기 시작했다.

차면 비우고 차면 비우고……. 김호철은 몸에 들어오는 마나들을 모두 데스 나이트에게 몰아넣기 시작했다.

그리고 그 흐름이 강해질수록 데스 나이트의 몸의 떨림도 더욱 강해지기 시작했다.

'조금만 더…… 조금만 더 참아라.'

그리고 순간…….

파지직!

강한 뇌전과 함께 데스 나이트의 몸에서 어두운 기운이 폭발적으로 뿜어져 나왔다.

화아악!

데스 나이트 몸에서 폭발적으로 뿜어진 검은 기운은 순식간에 허공에 뭉치더니 그대로 김호철을 덮어갔다.

화아악!

검은 장막처럼 변한 기운이 그대로 김호철의 전신을 감싸 버렸다.

화아악!

김호철의 몸을 감싼 데스 나이트의 몸이 칠흑처럼 검어지기 시작했다.

화아악!

그와 함께 그의 몸에서 뿜어지던 뇌전들이 데스 나이트에게 빨려들어 갔다. 그리고 김호철은 온몸에 느껴지던 압박감이 빠르게 사라지는 것을 느꼈다.

'데스 나이트가 흡수하는 마나가 엄청나다.'

자신의 몸에 차오르는 마나보다 데스 나이트가 흡수하는 양이 더 많으니 압박감이 사라진 것이다.

어쨌든 지독한 고통을 주던 압박감이 사라지자 김호철은 자신의 몸을 내려다보았다.

그리고 김호철의 얼굴에 미소가 어렸다.

김호철 자신의 몸에 데스 나이트의 갑옷이 완벽하게 재현

된 것이다. 다만 다른 점은 그가 소환하던 데스 나이트의 갑옷이 푸른색을 띠고 있었다면 지금은 칠흑같이 어두운 색을 띠고 있다는 것이었다.

각성을 했던 날 자신을 죽이려 했던 데스 나이트처럼 말이다.

'그 검은 기운 때문인가?'

-칼 폰 루이스.

자신을 덮었던 검은 기운을 떠올리며 속으로 중얼거리던 김호철은 자신의 마음속에 들려오는 묵직한 목소리를 들었다.

'누구야?'

-칼 폰 루이스.

'칼 폰 루이스? 데스 나이트? 이제 말을 할 수 있는 건가?'

김호철은 자신에게 말을 거는 것이 바로 데스 나이트임을 알았다. 그가 다루는 몬스터들 중 기사라 불릴 만한 것은 데스 나이트뿐이니 말이다. 데스 나이트가 말을 할 수 있다는 것에 김호철은 흥분이 되었다.

-칼 폰 루이스.

묵직한 목소리를 가진 칼 폰 루이스, 칼의 말에 김호철은 애가 왜 이러나 싶었다.

자신의 이름만 세 번 반복하고 있는 것이다.

'분명 데스 나이트가 맞는데…….'

-칼 폰 루이스.

다시 자기 이름만을 답하는 칼의 말에 김호철의 얼굴이 어두워졌다.

'애가…… 바보가 되어버린 거 아냐?'

어렸을 적 김호철이 살던 보육원에 바보가 하나 있었다. 나이는 많은데 뭘 물어보면 자기 이름만 답하던…….

그 기억이 떠오르자 지금 데스 나이트가 하는 행동이 비슷해 보이는 것이다.

-칼 폰 루이스.

다시 자기 이름을 말하는 칼을 느끼며 김호철은 당황하기 시작했다. 자기가 데스 나이트를 버려 버린 것이 아닌 것인가 하는 걱정이 된 것이다.

그런데…….

-칼 폰 루이스.

칼의 음성과 함께 김호철은 자신의 몸에서 힘이 쫘악 빠져나가는 것을 느꼈다.

화아악!

그리고 그의 손에 시커멓고 커다란 해머가 나타났다.

'크다.'

데스 나이트가 사용하던 망치는 공사판에서 사용하던 망

치보다 조금 더 두껍고 대가리가 더 큰 수준이었다.

그런데…… 지금 모습을 드러낸 해머는 김호철 그보다 더 커 보였다.

게다가 그 두께와 대가리의 크기는…… 그전 것과 비교할 수 없이 컸다.

부웅! 부웅!

그 커다란 해머를 김호철은 마치 아무것도 아니라는 것처럼 허공에 휘둘렀다.

'지금 내 몸을 움직이는 것이 너냐?'

-칼 폰 루이스.

자신의 이름으로 대신 답을 하는 칼을 느끼는 것과 함께 김호철이 해머를 들어 올렸다.

그리고 강하게 후려쳐지는 해머.

쾅! 퍼억!

해머가 후려쳐지는 것과 함께 묵직한 타격음과 뭔가 터지는 소리가 들렸다.

그에 놀라 김호철이 밑을 보니…… 그의 발치에서 머리가 사라진 커다란 독수리 한 마리가 추락하는 것이 보였다.

'몬스터?'

독수리가 집채만 할 일은 없으니 지금 떨어지고 있는 것은 몬스터다.

김호철 자신은 다가오는 줄도 몰랐던 몬스터를 감지한 칼이 스스로 무기를 꺼내 공격을 한 것이다.

그것을 깨달은 김호철은 작게 안도의 한숨을 쉬었다.

이름만 말할 줄 아는 바보 데스 나이트가 되었어도 전투 능력은 멀쩡한 것이다.

'이름도 말하지 않던 때에 비하면 나아졌다고 해야 하나.'

속으로 중얼거린 김호철이 밑을 바라보았다. 데스 나이트에 집중하는 사이 소양강은 아수라장이 되어 있었다.

어느새 몬스터들이 게이트를 튀어 나온 것이다.

댐 쪽에서 강 쪽을 향해 사격이 이뤄지고 있었고 물 위를 능력자들이 뛰어다니고 있었다.

그리고 한쪽에서는 수십 마리, 아니, 셀 수 없이 많은 몬스터가 물에 빠져 허우적거리고 있었다. 육상형 몬스터들이 게이트를 빠져나온 순간 물에 빠진 것이다.

하늘에서도 전투는 이뤄지고 있었다. 비행형 몬스터들이 하늘을 날아다니며 지상의 군인들을 낚아채 하늘에서 떨어뜨리고 있었다.

그런 비행형 몬스터들을 하늘을 날 수 있는 능력자들과 전투 헬기들이 쫓고 있었다.

그리고…… 김호철을 향해 커다란 독수리를 닮은 몬스터가 빠르게 날아오고 있었다.

"카아악!"

날카로운 소리를 내며 날아오는 독수리를 볼 때 칼의 목소리가 들려왔다.

-칼 폰 루이스.

부웅! 부웅!

해머를 휘두르는 자신의 몸을 느끼며 김호철이 손을 내밀었다. 그러자 자신의 의지와 상관없이 움직이던 손이 그의 뜻에 움직였다.

'내 몸의 주도권을 뺏긴 것은 아니군.'

-칼 폰 루이스.

'닥쳐! 내가 부를 때까지 말하지 마.'

정신 사납게 자신이 생각을 할 때마다 이름을 말하는 칼에 속으로 소리를 지른 김호철이 주먹을 움켜쥐었다.

자신의 생각에 따라 손이 쥐어지는 것에 김호철이 고개를 끄덕였다. 데스 나이트가 자신의 몸을 움직일 수는 있어도 주도권은 자신에게 있는 것이다.

날아오는 독수리를 향해 손을 내민 채 입을 열었다.

"골렘."

화아악! 화아악!

김호철의 손에서 검은 기운이 빠르게 쏘아지더니 독수리 바로 위에서 골렘으로 모습을 바꾸었다.

그런데…… 골렘의 모습이 검은색이었다.

쾅!

묵직한 소리와 함께 골렘이 독수리 위로 떨어졌다. 그리고 독수리의 몸이 보기 흉할 정도로 꺾이더니 그대로 떨어지기 시작했다.

아무리 집채만 한 독수리라고 해도 집채만 한 바위덩어리를 실은 채 날 수는 없는 것이다.

'찢어 죽여라.'

독수리와 같이 떨어지던 골렘이 손을 움직여 날개를 찢어 버렸다.

그 모습을 보던 김호철이 나가를 떠올렸다.

'나가가 물에서 움직일 수 있나?'

상체는 인간형이지만 하체는 뱀이니 물에서 움직일 수 있나 하는 생각이 드는 것이다.

'해보면 알겠지.'

생각과 함께 김호철이 빠르게 떨어지고 있는 독수리와 함께 떨어지고 있는 골렘을 회수했다. 골렘 정도의 크기가 이대로 소양강에 떨어지면 그 주위에 있는 보트는 모두 뒤집혀 버릴 것이다.

골렘이 죽인 독수리가 일으키는 파도는 어쩔 수 없다 해도 말이다. 골렘을 회수한 김호철이 소양강을 향해 손을 내밀었다.

"나가."

김호철의 손에서 네 가닥의 검은 기운이 빠르게 쏘아져 나갔다. 김호철의 의지대로 물 위에서 검은 기운이 나가로 바뀌었다.

화아악! 화아악!

골렘처럼 나가도 검은색인 것에 김호철은 자신의 손을 바라보았다. 검은색의 건틀릿을 착용하고 있는 손…….

'데스 나이트가 내 몸을 감싸고 있어서 그 기운에 영향을 받는 건가?'

그런 생각을 하던 김호철이 나가들을 바라보았다. 나가들은 물 위에서 유유히 움직이고 있었다. 하체를 좌우로 흔들며 물 위를 수영하는 나가들을 보며 김호철은 자신의 생각이 맞았음을 알았다.

'나가는 물에서 활동할 수 있다.'

그 생각과 함께 김호철이 정신을 집중해 나가들에게 명령을 내렸다.

'물에 빠진 몬스터들의 마나석을 채취하고 숨겨놔.'

김호철의 명령에 나가들이 일제히 물속으로 잠수해 들어가기 시작했다.

그 모습에 김호철이 미소를 지었다.

"좋았어."

이제 물에 빠져 죽은 몬스터들의 마나석을 나가들이 알아서 채취할 것이다. 그리고 나중에 그들이 숨겨놓은 마나석을 꺼내 오면 되는 것이다.

그런 생각을 하며 미소를 짓던 김호철의 몸이 갑자기 솟구쳤다.

펄럭!

갑자기 솟구치는 몸에 김호철이 놀랄 때 그 발밑으로 불꽃들이 지나갔다.

드르륵! 드르륵!

불꽃이 지나가는 것과 함께 귀를 찢을 듯한 소리가 들려왔다.

'뭐야?'

놀라 불꽃이 날아온 곳을 보던 김호철의 얼굴이 굳어졌다. 전투 헬기 한 대가 그를 향해 불꽃을 토하고 있는 것이다.

"피해!"

김호철의 명이 아니더라도 가고일은 빠르게 날개를 펄럭이며 날아오는 탄들을 피해 요리조리 빠르게 기동 비행을 하고 있었다.

"이 미친 새끼들! 난 몬스터가 아니라고!"

욕설을 뱉으며 고함을 질렀지만 김호철을 향한 전투 헬기의 개틀링건은 멈추지 않았다.

전투헬기에 탄 조종사들의 눈에는 김호철은 데스 나이트처럼 보이는 것이다.

드드득! 드르륵!

개틀링건이 돌아가는 소리와 함께 날아오는 총탄들에 김호철을 태운 가고일의 다리가 그대로 쪼개지며 흩어졌다.

그리고 그 충격에 가고일의 몸에 균열이 생기기 시작했다.

파드득! 우드득!

가고일은 골렘과 사촌 형제 격인 생명체다. 몸이 돌로 이루어져 있는…….

단단하기는 해도 전투 헬기의 개틀링건을 버틸 정도는 아니다.

가고일이 부서지고 있는 것에 김호철의 얼굴이 굳어졌다.

"이것들이!"

고함을 지른 김호철이 전투 헬기를 향해 손을 내밀었다.

"골……."

김호철이 전투 헬기 위로 골렘을 떨어뜨리려는 순간 그를 향해 총탄이 쏟아져 들어왔다.

그리고 김호철이 반응을 하기도 전 해머를 든 그의 손이 빠르게 움직였다.

파파파파팟!

빗발처럼 쏟아지는 탄들을 해머가 빠르게 움직이며 튕겨내기 시작했다.

'뭐야!'

자신의 손이라 믿을 수 없을 정도로 빠르게 해머를 움직이는 손을 놀란 듯 보던 김호철은 곧 손이 뻐근해지는 것을 느꼈다.

전투 헬기에서 쏟아내는 개틀링건이다. 일반 총알과 비교할 수 없다.

기본적으로 전투 헬기의 개틀링건은 철판 정도는 간단히 뚫어버리는 위력을 가졌다.

그런 위력을 가진 총탄을 해머로 튕겨내고 있다. 해머가 총탄을 직접 막는다 해도 그것을 휘두르고 있는 팔에 무리가 오는 것이 당연한 것이다.

아무리 데스 나이트의 갑옷을 두르고 있다고 해도 말이다.

'크으윽!'

속으로 신음을 흘리던 김호철이 정신을 집중했다. 시야에 자신에게 총탄을 쏘는 전투 헬기가 보였다.

'웨어 라이온!'

김호철이 정신을 집중하자 그의 몸에서 검은 기운 두 가닥이 뿜어지며 헬기를 향해 쏘아져 나갔다.

그 모습에 전투 헬기가 빠르게 상승을 하기 시작했다. 그리고 간발의 차이로 전투 헬기가 있던 곳에 웨어 라이온이 나타났다.

"크아앙!"

괴성을 지르며 나타나는 것과 동시에 떨어지는 웨어 라이온을 급히 회수한 김호철이 입술을 깨물었다.

뇌전일 때와 달리 검은 기운은 느렸다. 아니, 일반적인 기준으로 본다면 느리지는 않았다. 하지만 뇌전에 비교한다면 느린 것이다.

어쨌든 떨어지는 웨어 라이온을 이대로 보고 있을 수는 없다.

'돌아와!'

김호철의 명령에 웨어 라이온이 검은 기운으로 변하며 그의 몸으로 흡수되었다.

그리고 순간 김호철의 눈에 상승을 한 전투 헬기에게서 미사일이 쏘아져 오는 것이 보였다.

푸슈!

미사일이 날아오는 것에 김호철이 가고일을 그대로 흡수했다.

파지직!

뇌전이 되어 흡수되는 가고일과 함께 김호철의 몸이 빠르게 떨어지기 시작했다.

파앗!

머리 위로 지나가는 미사일과 함께 김호철이 다시 가고일을 소환했다.

화아악!

검은 가고일이 형성이 되는 것과 함께 자신을 잡게 한 김호철이 빠르게 상승을 시작했다.

펄럭! 펄럭!

가고일이 날갯짓을 할 때마다 김호철의 몸은 빠르게 솟아올랐다.

드르륵! 드르륵!

상승하는 김호철의 눈에 자신이 소환한 가고일 두 마리를 향해 개틀링건을 쏘아대는 전투 헬기가 보였다.

자신이 추락하는 것을 보고 타깃을 가고일로 정한 모양이었다.

"저 새끼가 진짜 죽을라고."

욕설을 뱉은 김호철이 가고일의 팔을 잡아 몸을 지탱하고는 허리를 튕겼다.

휘리릭!

회전을 하며 가고일의 등에 내려선 김호철이 몸을 웅크리며 위를 올려다보았다.

'되려나?'

속으로 중얼거린 김호철이 강하게 가고일의 등을 박차며 솟구쳤다.

파앗!

가고일의 등을 박차는 순간 김호철은 놀랐다. 자신의 몸이 마치 하늘로 쏘아진 로켓처럼 빠르게 솟구치는 것이다.

'된다!'

사람보다 큰 해머를 휘두를 수 있을 때 어쩌면 자신의 신체 능력이 데스 나이트급일 수도 있겠다 싶었다.

그래서 해본 것이다. 그리고 되었다.

"나이스!"

외침과 함께 김호철은 어느새 자신의 눈앞에 다가와 있는 전투 헬기의 날개를 손으로 붙잡았다.

꽈직!

전투 헬기 날개를 손으로 잡고 올라타자 조종사가 알아차렸는지 헬기가 빠르게 수직상승 하며 요동을 치기 시작했다.

기체를 흔들어 김호철을 떨어뜨리려는 것이다. 그에 더욱 강하게 날개를 잡은 김호철이 망치를 들어 올렸다.

10장
칼 폰 루이스

—망치! 망치!

김성수 소령은 뒤에서 들리는 부종조사의 외침에 입술을 깨물었다.

그의 눈에도 그가 조종하는 아파치 공격 헬기의 날개를 붙잡고 있는 데스 나이트가 보였다. 그리고 그 데스 나이트가 커다란 망치를 뽑아 들고 있는 것도…….

'데스 나이트 망치질이면 그대로 박살이다.'

전투기나 헬기나 방어력이 약하기는 마찬가지다. 그럴 리는 없겠지만 운 나빠 제대로 취약한 곳에 맞으면 보병 소총으로라도 격추시킬 수 있으니 말이다.

그런데 탱크도 때려잡는 데스 나이트의 망치라면…… 그

대로 떨어진다.

–회피 기동으로 떨어뜨린다.

–흡!

김성수의 말에 부조종사가 숨을 들이마시는 것이 들려왔다. 회피 기동은 강한 압력을 동반하는 것이다. 그와 함께 김성수가 조종간을 거칠게 잡아당겼다. 조종간의 움직임에 헬기 역시 거칠게 회전을 하며 상승을 하기 시작했다.

'떨어져라! 떨어져!'

'크으윽!'

거칠게 회전을 하는 헬기의 움직임에 김호철의 몸 역시 거칠게 흔들리고 있었다. 떨어지지 않게 손에 더욱 힘을 준 김호철이 망치를 들어서는 조종석 유리를 후려쳤다.

쾅! 우지끈!

망치질 한 번에 조종석의 유리가 그대로 박살이 나며 흩어졌다. 그와 함께 조종사가 권총을 꺼내 김호철 머리를 향해 총알을 발사했다.

타타타탕!

연속으로 발사하는 조종사의 총알에 김호철이 놀라 눈을 감았다. 자신의 바로 눈앞에서 총알이 얼굴을 향해 발사가 되었으니 말이다.

파파팟!

하지만 김호철의 놀람과 달리 총알은 그의 얼굴에 씌워진 투구에 튕겨져 나갔다.

'데스 나이트, 나이스.'

데스 나이트, 아니, 칼의 투구가 아니었다면 자신이 죽었을 거란 사실에 안도를 하는 한편 김호철은 조종사를 노려보았다.

조종사의 총구는 겁에 질려 흔들리고 있었다. 그리고 총구 너머로 보이는 조종사의 눈……. 두려움에 찬 조종사의 눈을 본 김호철이 한숨을 쉬었다. 눈을 본 순간 조종사 역시 사람이라는 것을 느낀 것이다.

'휴! 이 사람도 가족이 있을 텐데.'

자신이 사람인 것을 알았다면 이 헬기 조종사가 공격을 했겠는가. 지금 자신의 모습은 누가 봐도 데스 나이트이니…….

열은 받지만 전투 헬기의 조종사도 나라를 지키기 위해 몬스터와 싸우는 군인일 뿐이다. 그런 생각을 한 김호철이 해머를 흡수하고는 손을 흔들었다.

그 모습에 조종사의 눈에 의아함이 어렸다. 그런 조종사를 향해 손으로 권총 모양을 만든 김호철이 그것을 밑으로 향하게 했다.

수신호로 총을 내리라는 표시를 한 것이다. 그 모습에 조종사가 잠시 총을 보다가 천천히 손을 내렸다.

김성수는 황당했다. 데스 나이트가 무기를 없애더니 자신을 향해 권총을 내리라는 수신호를 하고 있는 것이다.

'설마 데스 나이트와 의사소통이 가능하다는 말인가?'

만약 이것이 사실이라면 몬스터들에 대해 알 수 있는 큰 발견이다. 그리고 데스 나이트의 행동을 보면 자신을 죽이려는 것 같지도 않았다. 죽이려 했다면 이미 조종석을 향해 해머를 휘둘렀을 테니 말이다.

그에 김성수가 천천히 권총을 내렸다. 그리고 김성수의 얼굴에 놀람이 어렸다. 자신이 총을 내리자 데스 나이트가 투구를 위로 들어 올려 얼굴을 보인 것이다.

–사람? 사람입니다.

부조종사의 말에 김성수가 조종간을 중립으로 놓았다. 그러자 거칠게 비행을 하던 전투 헬기의 움직임이 진정이 되었다.

전투 헬기의 움직임이 진정되자 김호철이 손을 내밀어 조종석을 잡고는 머리를 들이밀었다. 그에 놀란 듯 조종사가 뒤로 움찔하며 물러나자 김호철이 소리쳤다.

"사람 봐가면서 쏴!"

김호철의 고함에 조종사가 무슨 놀란 듯 그를 보다가 산소 마스크를 벗었다.

"사…… 사람입니까?"

"맞소. 당신이 나한테 쏜 총알이고 미사일을 생각하면, 확!"

김호철의 말에 조종사, 김성수가 움찔하며 그를 바라보았다. 그런 김성수를 보던 김호철이 그 가슴에 적힌 이름을 보고는 말했다.

"어쨌든 다시 한 번 날 공격하면 그때는 진짜 떨어뜨릴 테니 그런 줄 아쇼."

말과 함께 김호철이 머리 위에 손을 올렸다가 내렸다. 그러자 투구가 다시 아래로 내려오며 얼굴이 가려졌다.

"다른 전투 헬기하고 군인들한테도 전해. 새까만 몬스터들은 능력자가 소환한 몬스터니 공격하지 말라고. 알았어!"

김호철의 고함에 김성수가 고개를 끄덕였다.

"아…… 알았소."

김성수의 답에 김호철이 잡고 있던 조종석에서 손을 뗐다.

탓! 휘이익!

그와 함께 빠르게 떨어지던 김호철이 가고일을 소환했다.

탓!

자신을 안아 드는 가고일의 품에 안긴 김호철이 밑을 내려다보았다. 소양강에는 몬스터들의 시체와 피로 붉게 물들어

가고 있었다. 그리고 소양강의 강가에서 몬스터와 능력자들의 싸움이 이어지고 있었다. 강에 빠졌던 몬스터들이 강가로 올라간 모양이었다.

'박 팀장님은 괜찮겠지.'

호수에 뒤집어져 있는 보트가 여럿 보이는 것에 박천수에 대한 걱정을 하던 김호철의 눈에 소양강 댐에서 일어나는 불길과 폭발이 보였다. 소양강 댐 위에도 몬스터들이 기어 올라가 군인들과 싸우고 있는 것이다.

'댐이 무너지면 큰일이다.'

댐이 무너지면 춘천 일대에 물난리가 날 것이다. 그것을 안 김호철이 가고일을 움직여 댐 쪽으로 날아갔다. 빠르게 댐으로 향하던 김호철은 순간 자신의 어깨를 때리는 충격을 느꼈다. 그에 보니 밑에서 병사 몇이 그를 향해 총을 쏘아대고 있었다.

'그 조종사 연락이 아직 안 갔나?'

총알을 피해 기동 비행을 하는 가고일의 품에서 밑을 내려다보던 김호철의 눈에 좋은 것이 보였다. 바로 댐에 꽂혀 있는 태극기였다.

그것을 본 김호철이 가고일을 움직여 태극기가 있는 곳으로 날아갔다.

펄럭! 펄럭!

빠르게 움직이며 태극기가 있는 곳으로 간 김호철이 손을 뻗어 깃대를 뽑았다. 그러고는 자신을 향해 총을 쏘아대는 군인들을 향해 깃발을 흔들었다.

펄럭! 펄럭!

그러자 몇 발의 더 총알이 날아왔지만 더 이상 군인들이 총을 쏘지 않았다. 그저 저게 뭐 하는 것인가 하는 얼굴로 그를 바라볼 뿐…….

그것을 보며 김호철이 깃대에서 깃발을 뜯어 목에 묶었다. 그러자 김호철의 뒤로 태극기가 펄럭이기 시작했다.

"월드컵 같네."

작게 중얼거린 김호철이 자신에게 총을 쏜 군인들에게 다가갔다.

펄럭! 펄럭!

김호철이 다가오는 것에 군인들이 그를 향해 총구를 겨눴다. 그 모습에 김호철이 투구를 밑에서 끌어 올렸다. 자신의 얼굴을 드러낸 김호철이 소리쳤다.

"사람이오!"

김호철의 말에 군인들이 놀란 듯 그를 보다 총을 내렸다. 그런 군인들 옆에 내려선 김호철이 소리쳤다.

"무전기 있습니까?"

김호철의 외침에 군인 중 한 명이 다가왔다.

"당신은 누구요?"

"행복 사무소 능력자 김호철입니다."

"그 모습은……."

"능력입니다."

그러고는 김호철이 말했다.

"제 모습 때문에 저를 공격을 합니다. 몬스터와 싸워야 하는데 군인들 총 피하는 것이 더 힘듭니다. 지휘부에 등에 태극기 달고 다니는 몬스터는 공격하지 말라고 전해 주십시오."

김호철의 말에 군인이 무전기를 잡았다.

치이익!

"등에 태극기를 달고 있는 데스 나이트는 행복 사무소 김호철 능력자다. 발견 시 공격 중지."

-치이익! 다시 보고하라. 데스 나이트?

무전기 너머로 들려오는 소리에 군인이 다시 말했다.

"다시 말한다. 태극기를 달고 있는 데스 나이트는 아군이다."

-알았다.

무전을 하는 군인을 보던 김호철의 귀에 폭발음이 들려왔다.

쾅!

커다란 폭발음에 고개를 돌리니 댐 한쪽에서 불꽃이 솟구치고 있었다.

'이러다 정말 댐 무너지겠다.'

그런 생각이 든 김호철이 군인에게 말했다.

"나는 댐 위로 올라온 몬스터를 처리하겠습니다."

"부탁합니다. 댐이 무너지면 큰일입니다."

군인의 말에 고개를 끄덕이던 김호철이 군인 한 명이 확성기를 들고 있는 것을 보고는 웨어 라이온을 소환했다.

화아악!

갑자기 나타나는 웨어 라이온의 모습에 군인들이 놀라 총을 들이밀자 김호철이 소리쳤다.

"내 몬스터입니다. 그쪽 타세요."

확성기를 들고 있던 군인이 놀라 바라보자 김호철이 말했다.

"제 몬스터들은 검은색입니다. 다른 군인들이 공격을 하지 않게 당신이 확성기로 방송을 계속하세요."

말과 함께 김호철이 다른 몬스터들을 뽑아냈다.

화아악! 화아악! 화아악!

웨어 라이온과 웨어 울프, 오크 전사들을 뽑아낸 김호철이 확성기를 든 군인을 바라보았다.

그러자 웨어 라이온이 군인을 들어서는 목 위에 태웠다.

"어어어어."

갑작스러운 웨어 라이온의 행동에 군인이 놀라며 당황스러워 하자 김호철이 소리쳤다.

"웨어 라이온이 당신을 지켜줄 것이니 걱정하지 마시고 제 몬스터들한테 공격하는 군인들한테 경고 방송이나 하세요."

외침과 함께 김호철이 웨어 라이온 한 마리의 등에 올라탔다.

"가자!"

김호철의 외침에 웨어 라이온과 그의 몬스터들이 빠르게 댐 위를 질주하기 시작했다.

"비켜!"

"크아앙!"

"으아앙!"

선두에서 달려오는 김호철과 군인, 거기에 그 뒤를 따르는 몬스터들의 울음에 댐 위에서 몬스터들을 향해 총을 쏘아대던 병사들이 급히 뒤로 물러났다.

"뭐야?"

"저거 뭐야?"

병사들이 놀라 자신을 보든 말든 병사들을 지나친 김호철이 해머를 소환했다.

화아악!

손에서 흘러나온 검은 기운이 해머를 만들어내는 것과 함께 김호철이 앞에서 한 병사를 향해 뛰어드는 몬스터를 향해 소리쳤다.

"칼! 날뛰어 봐!"

김호철의 외침에 그의 몸이 웨어 라이온의 등을 박차며 솟구쳤다.

단숨에 10m 가까운 거리를 도약한 김호철의 귀에 묵직한 칼의 목소리가 들려왔다.

-칼 폰 루이스!

자신의 이름을 외치며 해머를 등 뒤로 돌린 칼이 강하게 해머를 휘둘렀다.

쾅! 으드득! 퍼억!

그와 함께 병사를 향해 뛰어올랐던 몬스터의 몸이 산산조각 나며 그대로 터져 나갔다.

좌아악!

몬스터를 박살 내며 땅에 착지한 김호철의 몸이 댐 위를 미끄러져 나갔다.

"칼 폰 루이스!"

이제는 자신의 입을 빌려 고함을 지르는 칼의 행동을 보며 김호철이 정신을 집중했다.

'사람은 공격하지 말고 몬스터만을 공격해.'

"칼 폰 루이스!"

김호철의 명령에 크게 자신의 이름을 외친 칼이 땅을 박차며 몬스터들을 향해 뛰어들었다.

쾅! 퍼억! 쾅! 퍼억!

칼이 휘두르는 해머질에 몬스터들은 터져 나갔다. 공을 발로 차도 튕겨져 나가는데…… 특이하게도 칼이 때리는 해머질에는 몬스터들이 튕겨져 나가지 않았다.

그저 터져 나갈 뿐…….

쾅! 퍼억! 쾅! 퍼억!

그렇게 김호철, 아니, 칼의 해머질과 함께 몬스터들의 피와 살점으로 이뤄진 길이 뚫리기 시작했다.

타타탕! 타탕!

좌우에서 연신 터져 나오는 총성에 이영미는 정신이 없었다.

"정신들 차려!"

한쪽에서 트롤의 목을 조르며 소리치는 교관의 외침에 이영미가 입술을 깨물고는 소리쳤다.

"곧 있으면 SG들이 올 거야!"

반드시 그렇게 되기를 바라며 이영미가 교관이 목을 조르는 트롤의 목을 양손으로 잡았다.

그러고는…….

"으라라라!"

기합을 지르며 힘을 쏟자 이영미의 몸이 작아지기 시작했다. 그리고 일반 여자에서 조금 더 키가 큰 정도로 변한 순간, 트롤의 목이 그대로 뽑혀져 나왔다.

좌아악!

목과 함께 뽑혀 나오는 척추를 보며 이영미는 문득 감자탕의 뼈다귀가 생각이 났다.

남한테 말을 하면 미친년이라는 소리를 듣겠다는 생각을 하며 이영미가 트롤 머리를 집어 던졌다.

툭!

데굴데굴 굴러가는 트롤의 머리를 보며 이영미가 교관을 찾아 고개를 돌렸다. 하지만 이미 교관은 그 자리에 없었다. 한쪽에서 몬스터에게 공격을 받는 생도를 돕기 위해 몸을 날리고 있었다.

"정신들 차려! 교육받은 대로만 해!"

교관의 외침에 이영미를 비롯한 SG 훈련생들이 소리쳤다.

"네!"

"네!"

하지만 훈련생들의 목소리는 떨리고 있었다. 능력을 인정받아 SG 훈련소에 들어가기는 했지만 몬스터와의 실전은 이번이 처음인 것이다.

두려움에 떨면서도 훈련생들 중 일부 원거리 능력자들이 자신들의 능력을 이용해 몬스터들과 치고받고 있는 교관들을 엄호했다.

화르륵! 타타탕!

화염 계열 공격 능력이 사방으로 날아가고 총이나 활과 같은 무기들이 쏘아져 나갔다.

하지만 문제는 육체 강화 능력자들이었다. 그들은 육체를 강화해 몬스터와 싸우는 이들……. 그러려면 근접전을 해야 하는데 실제로 본 몬스터들은 훈련소에서 본 환영과는 박력 자체가 달랐다.

게다가 환영은 나름 깨끗한 이미지였는데 여기 있는 놈들은 온몸에 피와 살점이 덕지덕지 묻어 있었다.

"크아악!"

교관의 옆에서 몬스터를 향해 주먹을 날리던 이영미는 뒤에서 들리는 비명에 고개를 돌리려 했다.

"돌리지 마! 네 앞의 적만 신경 써!"

자신에게 고함을 지르는 교관의 말에 이영미가 급히 답했다.

"네!"

외침과 함께 이영미가 자신을 향해 녹이 잔뜩 슨 칼을 휘두르는 오크의 가슴을 발로 후려쳤다.

퍼억! 콰직!

"쿠에엑!"

돼지 멱따는 비명을 지르며 오크가 쓰러졌다.

"잘했다. 너희는 강하다! 배운 대로만 하면 이 정도 몬스터는 상대할 수 있다!"

교관의 외침에 생도들이 큰 소리로 답을 하고는 몬스터들과 싸우기 시작했다.

그런 생도들을 보며 교관 한 명이 댐의 난간 위로 훌쩍 뛰어올랐다. 상황을 살피려는 것이다.

탓!

난간 위에 오른 교관이 빠르게 주위를 살폈다.

'좋지 않은데…….'

게이트 실전 훈련은 훈련소에서 가장 중요시하는 일이다. 그래서 훈련소에서 가장 실전 경험과 뛰어난 교관들이 생도들을 데리고 나간다.

하지만 실전에서는 어떠한 일이 벌어질지 예측하기 어려운 법.

해서 실전 훈련을 할 때마다 사고가 생기게 마련이다.

하지만 지금 문제는 생도들과 자신이 댐 가운데에 고립이 되었다는 것이다.

훈련생들을 호위하던 SG들이 댐 위로 올라오는 몬스터들을 막기 위해 잠시 자리를 비운 순간 그들과 자신들 사이에 몬스터들이 채워져 버렸다.

다행이라면 생도들이라고 해도 능력자, 게다가 교관들이 생도들 틈에서 힘을 쓰고 있어 버티는 것 정도는 하고 있다는 것이었다.

주위를 빠르게 살피던 교관의 눈에 이상한 것이 보였다. 댐에서 뭔가가 빠르게 달려오고 있었다.

그리고 그 뭔가가 달려오는 뒤로 붉은 폭죽 같은 것이 연신 터지고 있었다.

'뭐지?'

그에 시력을 집중하자 교관은 그 붉은 폭죽 같은 것이…… 사실은 붉은 피와 살점들이라는 것을 알았다.

그리고 그 피와 붉은 살점들을 휘날리며 달려오는 것은 데스 나이트였다.

'데…… 데스 나이트?'

데스 나이트가 달려오는 것에 교관의 얼굴은 일그러졌다. 지금 상황에서 데스 나이트가 이곳을 덮친다면…….

'전멸이다.'

굳어진 얼굴로 교관이 데스 나이트를 보던 교관의 얼굴에 문득 의아함이 어렸다. 달려오는 데스 나이트의 등에 태극기가 펄럭이고 있는 것이다. 게다가 데스 나이트의 망치가 휘둘러질 때마다 터져 나가는 것은 몬스터였다.

'뭐지?'

게이트에서 나온 몬스터들은 전부라 해도 과언이 아닐 정도로 대부분 인간을 공격한다. 그런데 지금 데스 나이트는 인간이 아닌 같은 몬스터들을 때려죽이고 있었다. 교관이 그런 생각을 할 때 몬스터가 터지는 폭음 소리가 가까워지기 시작했다.

퍼억! 펑! 퍼억! 펑!

해머를 휘두를 때마다 몬스터들이 터져 나갔다. 그에 김호철은 뭔가 모를 뿌듯함과 재미를 느끼고 있었다. 마치 야구 배팅 훈련장에서 공이 정말 잘 맞았을 때 느끼는 손맛을 지금 김호철은 느끼고 있는 것이다.

'데스 나이트 정말 대단하구나.'

데스 나이트가 강한 줄은 알고 있었지만 이렇게 강할 줄은 생각을 하지 못한 것이다. 그렇게 김호철이 지나가는 자리에는 몬스터들의 피와 살점만이 혈로(血路)를 만들어내고 있었다.

그리고 김호철이 만들어 놓은 혈로를 그의 몬스터들이 마치 땅에 떨어진 이삭을 줍듯이 떨어져 있는 마나석을 주워오고 있었다.

그렇게 몬스터를 때려죽이며 가던 김호철의 눈에 SG 복장을 한 사람들이 몬스터들에게 둘러싸여 있는 것이 보였다.

'SG다.'

SG를 본 김호철이 손을 들어 웨어 라이온을 불렀다. 웨어 라이온이 다가오자 김호철이 그 위에 타고 있는 군인을 바라보았다.

"방송하세요."

김호철이 보기에 아무래도 상황이 상황이다 보니 자신에 대한 것이 군인들에게 모두 퍼지지 않은 것 같았다.

전투 헬기를 통해 연락했을 텐데도 자신을 공격한 병사들을 보면 말이다.

그래서 SG에게 다가가다 공격을 받을까 염려되어 군인을 부른 것이다.

김호철의 말에 확성기를 들고 겁에 질려 있던 병사가 고개를 끄덕이고는 소리쳤다.

"태극기 단 데스 나이트는 사람입니다. 공격하지 마세요. 공격하지 마세요."

확성기에 확성이 돼 울리는 소리를 들으며 김호철이 목을 감고 있는 태극기를 들어 허공에 몇 번 휘날려 보이고는 다시 몬스터들을 공격하기 시작했다.

소환한 몬스터들과 함께 게이트 몬스터들을 빠르게 처리

한 김호철은 곧 SG들과 합류할 수 있었다.

퍼억! 펑!

트롤을 그대로 터뜨려 버린 김호철이 해머를 앞으로 세우며 놀란 눈을 하는 SG들에게 소리쳤다.

"사람이니 공격하지 마세요!"

외침과 함께 투구를 들어 보인 김호철의 모습에 SG가 다가왔다.

"휴! 도와줘서 고맙소."

SG의 말에 고개를 끄덕인 김호철이 자신의 몬스터들을 향해 소리쳤다.

"밀어붙여!"

김호철의 외침에 몬스터들이 SG들을 뛰어 넘으며 반대쪽에 있는 몬스터들을 공격하기 시작했다.

그 모습에 SG가 놀란 듯 김호철을 바라보았다.

"저 검은 몬스터들 당신의 명령을 듣는 것입니까?"

"행복 사무소 소속 김호철입니다. 이놈들은 제 소환 몬스터입니다. 아! 다른 SG들에게 검은 몬스터들을 공격하지 말라는 연락을 해주십시오."

김호철의 말에 SG가 다른 SG를 불러 말했다.

"작전부에 검은 몬스터는 행복 사무소 김호철 능력자의 조종을 받는 몬스터라고 연락해."

"알겠습니다."

SG가 이마에 손을 대고는 정신을 집중했다. 그 모습을 본 김호철이 고개를 끄덕였다.

'텔레파시 능력자인가 보군.'

속으로 중얼거리던 김호철이 주위를 바라보았다. 주위에는 쓰러져 있는 SG들이 꽤 보였다.

그런 김호철을 향해 SG가 말했다.

"댐이 무너지면 큰일입니다."

SG의 말에 김호철이 고개를 끄덕이고는 투구를 내렸다.

철컥!

"그럼."

말과 함께 김호철이 타고 있던 웨어 라이온의 허리를 발로 찼다.

"가자!"

김호철의 외침에 웨어 라이온이 큰 소리로 울음을 토하고는 크게 점프를 하며 몬스터들 사이로 떨어졌다.

"하앗!"

기합을 지르며 김호철의 해머가 사방을 휩쓸기 시작했다.

그와 함께 김호철이 있던 주위의 몬스터들이 터져 나가기 시작했다.

퍼퍼퍼펑!

폭발하는 몬스터들 사이에서 그들이 뿌린 피와 살점을 흠뻑 뒤집어쓴 김호철이 달려 나가기 시작했다.

그리고 그런 김호철의 뒷모습을 이영미가 보고 있었다.

'김호철?'

투구 사이로 얼핏 봤던 모습은 바로 김호철이었다. 데이트 날짜를 잡다가 갑자기 연락을 끊어버린…….

그래서 이영미도 그날 이후 다시 연락을 하지 않았다. 예전이라면 모를까 능력에 익숙해진 후 자신의 외모에 자신감이 생긴 것이다.

키가 조금 많이 커서 문제지 얼굴이나 몸매는 모델급이었다. 물론 능력을 사용하고 있을 때만이기는 해도…….

'저렇게 멋있었나?'

멋진 갑옷을 입은 채 해머를 휘두르며 몬스터 사이를 누비는 김호철의 모습은 이영미에게 백마를 탄 기사처럼 보였다.

비록 백마가 아닌 웨어 라이온을 타고 있기는 해도 말이다.

댐 위를 종횡무진으로 내달리며 김호철은 몬스터들을 쳐죽였다. 다른 곳이라면 모르겠지만 댐은 반드시 지켜야 한다는 생각을 하는 것이다.

그리고 그런 김호철의 활약에 힘입어 댐 위로 올라오는 몬스터들은 올라오는 족족 죽어 나갔다.

"휴!"

댐 위 난간에 선 김호철이 숨을 골랐다. 전투를 하는 것은 데스 나이트 칼이지만 그 몸은 김호철 자신이다. 그렇다 보니 체력적으로 지쳐 왔다. 잠시 숨을 고른 김호철이 자신의 주위에 늘어서 있는 몬스터들을 바라보았다.

몬스터들의 몸에는 피와 살점들이 잔뜩 묻어 있었다. 그리고 그중 한 마리는 전투 배낭을 손에 들고 있었다. 죽은 몬스터들에게서 마나석을 모으다 보니 그 수가 워낙 많아 손에 들고 다닐 수가 없었다.

몬스터 손이 아무리 커도 쥘 수 있는 마나석에는 한계가 있으니 말이다. 그래서 댐 위에 떨어져 있던 전투 배낭을 주워 그 안에 마나석을 담은 것이다.

전투 배낭을 보자 김호철은 흐뭇한 미소가 절로 나왔다.

'대부분 C급이기는 해도 저 정도 수량이면 십억은 그냥 넘겠는데.'

그런 생각을 하고 때 그의 고개가 휙 하고 돌아갔다. 자신의 의지와는 상관없이 홱 하고 돌아가는 고개에 김호철이 의아해할 때 해머를 든 손이 어딘가를 가리켰다.

'칼 폰 루이스!'

칼의 음성에 김호철이 의아한 듯 해머가 가리키는 곳을 바라보았다. 해머가 가리키는 곳은 댐에서 보이는 맞은편 강가였다.

"뭔데?"

'칼 폰 루이스!'

물어 봐도 자신의 이름만을 말하는 칼의 행동에 김호철이 시력을 집중해 강 너머를 바라보았다. 하지만 보이는 거라고는 몇몇 몬스터와 그들과 싸우고 있는 능력자들뿐이었다.

'칼 폰 루이스!'

다시 이름을 외치는 칼의 행동에 김호철이 고개를 갸웃거렸다.

'왜 이러지?'

맞은편 강가를 보던 김호철이 주위를 바라보았다. 댐 위에는 군인들이 포진을 하고 있고, SG들이 그 사이 사이를 메꾸고 있었다. 한 번 몬스터에게 밀렸던 SG와 군이 다시 정비를 하고 있는 것이다.

그것을 본 김호철이 주위를 보다가 땅에 떨어져 있는 망원경을 주워 들었다. 그러고는 칼이 가리키는 곳을 망원경으로 유심히 바라보았다.

'칼 폰 루이스!'

다시 자신의 이름을 부르짖는 칼을 느끼며 김호철이 혀를 찼다.

"네 이름 칼인 거 아니까. 그만…… 응?"

중얼거리던 김호철이 뭔가를 발견하고는 망원경의 초점을 맞췄다.

그리고…….

"네가 원하는 것이 저거였냐?"

'칼 폰 루이스!'

물음에 자신의 이름으로 답을 하는 칼에 김호철이 고개를 끄덕였다. 망원경에 보이는 것은 바로 데스 나이트였다. 데스 나이트가 댐 맞은편 강변에서 능력자들과 싸우고 있었다.

"먹으러 가자."

말과 함께 김호철이 몬스터가 들고 있는 전투 배낭을 등에 메고는 댐 위에서 뛰어내렸다.

파앗!

"가고일!"

김호철의 부름에 나타난 가고일이 그를 안고는 날아가기 시작했다. 가고일의 품에 안겨 강변 쪽으로 날아가던 김호철이 뒤를 힐끗 돌아보고는 손을 내밀었다.

"돌아와!"

김호철의 외침에 댐 위에 있던 몬스터들이 검은 연기가 되어 그의 손으로 빨려 들어왔다.

화아악!

몬스터들을 불러들인 김호철이 빠르게 강변으로 날아가기 시작했다.

펄럭! 펄럭!

가고일의 날갯짓 소리를 들으며 김호철의 얼굴에는 긴장이 어렸다.

각성을 하게 된 날 데스 나이트를 보고 이번이 두 번째다. 게이트 삼대장이라 불리는 데스 나이트…….

하지만 김호철은 긴장은 되도 두렵지는 않았다. 각성했을 때도 자신의 칼이 데스 나이트를 죽이지 않았던가.

그런 생각을 하며 김호철이 손에 들린 해머를 바라보았다. 새까만 색을 띤 묵직한 해머…….

'데스 나이트의 속성은 어둠……. 아마 첫날에 내가 사용을 한 암 속성은 칼이 내게 집어넣은 데스 나이트의 속성의 영향일 거야. 그렇다면…… 이 데스 나이트를 먹으면 암흑 속성이 더 강해질까? 아니면 칼이 진화를 하려나?'

데스 나이트를 죽이고 칼은 그 마나석을 강제로 김호철에게 먹였다.

아무래도 김호철 자신을 위해서라기보다는 본능적으로 그 마나석이 자신에게 필요하다 생각을 했을 것이다.

그런 생각을 하며 강변으로 날아가던 김호철의 눈에 데스 나이트의 모습이 선명하게 보이기 시작했다.

'먹어보면 알겠지.'

속으로 중얼거린 김호철이 가고일의 손을 놓게 했다.

파앗!

그대로 강변으로 떨어져 내리던 김호철이 해머를 강하게 움켜쥐었다. 그리고 김호철의 몸이 SG와 싸우고 있는 데스 나이트의 위로 떨어져 내렸다.

"칼!"

김호철의 부름에 칼이 해머를 위로 크게 들어 올렸다.

"칼 폰 루이스!"

크게 자신의 이름을 외치며 칼이 데스 나이트를 향해 해머를 강하게 내려찍었다.

하늘에서 공격이 날아오는 것을 느꼈는지 데스 나이트가 들고 있던 칼을 위로 치켜들었다.

쾅!

해머와 칼이 부딪히는 순간 묵직한 소리와 충격파가 사방으로 퍼져 나갔다.

끼리릭! 끼리릭!

금속이 부딪히며 내는 소름 끼치는 소리와 함께 땅에 내려선 칼이 해머를 비틀었다.

데스 나이트의 검날을 해머가 미끄러져 갔다.

끼리릭! 끼리릭!

날카로운 소리와 함께 해머가 데스 나이트의 가슴을 치려는 순간, 데스 나이트가 손잡이를 비틀며 회전을 시키고는 왼손으로 검을 잡았다.

그리고 잡았다 싶은 순간 검은 칼의 목을 베어오고 있었다.

사악!

날카로운 소리를 내며 날아오는 데스 나이트의 검을 칼이 해머를 잡아당겨 손잡이로 막아냈다.

챙!

날카로운 소리가 울리는 것과 함께 칼이 앞으로 한 걸음 내디디며 손잡이가 아닌 해머 대가리를 양손으로 움켜쥐었다.

대가리를 양손으로 잡고 그대로 밀어붙였다.

퍼억! 부웅!

해머 대가리가 데스 나이트의 가슴에 부딪치는 것과 함께 그 몸이 뒤로 부웅 날아가 떨어졌다.

데굴! 데굴!

커다란 해머 대가리만큼이나 강한 힘에 땅에 떨어진 데스 나이트가 몇 바퀴를 더 구르고는 몸을 일으켰다.

'꿀꺽! 빠르다.'

김호철은 침을 삼켰다. 자신이 싸우고 있기는 하지만 그 몸을 움직이는 것은 데스 나이트 칼이다. 사실 지금 하늘에서 떨어지고 난 후 김호철은 공수가 어떻게 이루어졌는지 느끼지 못하고 있었다.

김호철이 인지할 사이도 없이 싸움이 이뤄진 것이다. 생각보다 빠른 공수 교환에 조금 놀라고 있을 사이 SG들이 서둘러 데스 나이트를 포위하고는 공격을 퍼부었다.

채채챙! 채챙!

무공을 익힌 듯 움직임이 빠른 셋이 데스 나이트의 공격을 분산시켰고 뒤에서 물로 된 채찍을 휘두르며 데스 나이트를 공격하기 시작했다.

"당신이 김호철이오?"

중년 SG의 말에 김호철이 고개를 끄덕였다. 군인들과 다르게 SG들에는 자신에 대한 것이 바로 전달이 된 모양이었다.

'여기서는 따로 설명을 하지 않아도 되겠군.'

"데스 나이트는 제가 맡겠습니다."

말과 함께 김호철은 SG를 뒤로하고 데스 나이트를 향해 땅을 박찼다.

파앗!

땅을 박차는 것과 함께 데스 나이트를 포위한 SG들을 뛰어 넘은 김호철이 해머를 크게 휘둘렀다.

"헉!"

"이봐!"

해머가 크게 휘둘러지는 것에 SG들이 놀라 급히 뒤로 물러났다. 데스 나이트를 향해 휘두른 것이지만 해머가 크게 돌며 그들에게 위협이 된 것이다.

"제 공격이 큽니다. 그러니 물러들 나세요!"

외침과 함께 자신을 향해 날아오는 데스 나이트의 검격을 해머로 막은 김호철이 소리쳤다.

"뇌전!"

파지직! 파지직!

김호철의 외침에 해머에서 새까만 뇌전이 솟구쳤다.

"크으으윽!"

뇌전에 충격을 받고 뒤로 물러난 데스 나이트가 검을 위로 들어 올렸다가 아래를 향해 힘껏 내리그었다.

파지직! 파지직!

그러자 데스 나이트의 몸을 휘어 감았던 검은 뇌전이 땅으로 뿜어져 나갔다.

꽈꽈꽈꽝!

강변이 터져 나가는 것과 함께 데스 나이트가 폭발을 뚫고 김호철을 향해 쏘아져 들어왔다.

"주…… 죽…… 는 거다."

데스 나이트의 음성과 함께 칼의 해머가 뒤로 크게 들어 올려졌다.

'칼 폰 루이스!'

기합처럼 자신의 이름을 외치는 것과 함께 김호철의 얼굴이 굳어졌다. 순간 몸에서 막대한 마나가 빠져나간 것이다.

'크윽!'

마나가 빠져나가는 것에 김호철이 신음을 흘릴 때, 크게 들어 휘둘러진 해머가 땅을 찍었다.

꽝!

그러자 데스 나이트가 뇌전으로 만든 것과는 비교할 수 없는 폭음이 울리더니 땅이 크게 치솟았다.

우르릉!

뇌성과 같은 소리를 내며 치솟은 땅이 달려오는 데스 나이트를 덮어갔다.

"크아아악!"

기합인지 비명인지 모를 괴성을 지른 데스 나이트가 검을 들어 올렸다.

화아악!

순간 데스 나이트의 검에서 검은 기운이 폭발적으로 뿜어져 나오기 시작했다. 그리고 검으로 강하게 자신을 덮쳐 오는 토사들을 내리그었다.

데스 나이트의 검은 기운과 토사들이 부딪히자 폭발이 일어나기 시작했다.

꽈꽈꽈꽝!

눈앞에서 일어나는 폭발에 김호철은 가슴이 철렁했다.

'뒈지는 것 아냐?'

마치 수류탄 수십 발이 동시에 터지는 것 같은 폭발을 바로 앞에서 보니 겁이 나는 것이다.

하지만 겁이 나는 것은 김호철이고 데스 나이트 칼은 겁이 아닌 투지를 일으키고 있었다.

'칼 폰 루이스!'

자신의 이름을 외치며 칼이 폭발 속으로 뛰어들었다. 정확하게 데스 나이트가 갈라놓은 틈으로…….

파앗!

폭발을 뚫고 뛰어든 칼이 아직 검을 들어 올리지 못한 데스 나이트의 머리를 향해 해머를 휘둘렀다.

퍼억! 캉!

해머에 데스 나이트의 투구가 그대로 튕겨져 나갔다.

부우웅!

높이 솟구친 데스 나이트의 투구가 순식간에 시야에서 사라졌다.

"나이스 샷!"

부들부들!

머리가 날아간 데스 나이트가 잠시 몸을 떨다가 무릎을 꿇었다.

툭!

그대로 무릎을 꿇은 채 움직이지 않는 데스 나이트의 모습에 칼이 해머를 땅에 박고는 손을 들었다.

그러고는 단숨에 데스 나이트의 아랫배에 손을 박아 넣었다.

우두둑!

데스 나이트의 갑옷을 뚫고 들어간 칼의 손이 뽑혀져 나왔다.

푸욱! 주루룩!

새까만 내장과 함께 칼의 손에는 시커먼 마나석이 들려 있었다.

주루룩! 주루룩!

칼의 손을 타고 흘러내리는 내장에 김호철이 입술을 깨물었다.

'씻을 틈을 주지 않겠지.'

식초와 꿀로 녹이지는 못해도 최소한 저 내장과 피는 닦아내고 싶었다.

하지만…….

'칼 폰 루이스!'

칼의 외침과 함께 마나석이 들린 손이 김호철의 입으로 다가왔다.

철컥!

의지와는 상관없이 투구가 위로 올라가는 것에 김호철이 손을 멈추려 했다.

하지만 그의 의지와는 상관없이 마나석이 들린 손은 점점 그의 입으로 다가왔다.

'이건 양보 못 하겠다는 거냐?'

몸의 주도권은 분명 김호철 자신에게 있지만, 아무래도 데스 나이트를 먹는 것만은 칼이 양보를 하지 않는 모양이었다.

'그만큼 중요하다는 거겠지.'

입술을 깨문 김호철이 입을 쩌억 벌렸다.

'이 또한…… 지나가리.'

속으로 중얼거리는 김호철의 입에 시커먼 피가 뚝뚝 떨어지는 데스 나이트의 마나석이 들어가기 시작했다.

11장
게이트 탐사 의뢰

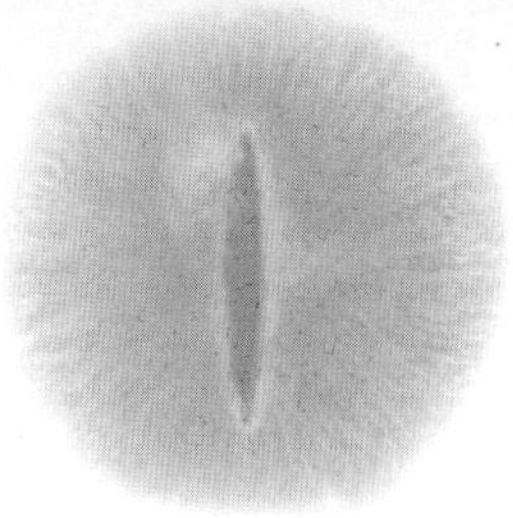

SG들은 놀랍고 황당한 눈으로 김호철을 보고 있었다.

"저거…… 뭐 하는 거죠?"

"마나석을…… 먹고 있어."

"토하면서…… 드러."

"데스 나이트 마나석을…… 미친, 저게 얼마짜리인데."

SG들의 중얼거림에 SG 18번대 대장 이철진도 고개를 끄덕였다.

지금 김호철이 토하면서 입에 쑤셔 넣고 있는 것은 데스 나이트의 마나석이다. 최소한 이십억, 마나양이 많다면 삼십억까지 가능한 물건이다. 그런데 지금 김호철이 그것을 먹으려 하는 것이다.

대원들이 그에 의아함과 미쳤다는 시선을 보낼 때 이철진은 호기심을 가지고 있었다.

'데스 나이트 갑옷을 걸치고 데스 나이트의 마나석을 먹는다……. 혹시 데스 나이트 마나석을 먹어야 능력이 발현되는 건가?'

그런 생각을 하고 있던 이철진의 눈에 김호철이 마나석을 입에 쑤셔 넣는 것이 보였다.

"우욱! 우욱!"

헛구역질과 함께 데스 나이트의 마나석을 입에 쑤셔 넣던 김호철은 죽을 것 같았다.

'제길! 제길! 제길!'

속으로 욕설을 뱉던 김호철이 손가락을 길게 펴서는 마나석을 강하게 밀었다. 그러자 목구멍에 막혀 있던 마나석이 그대로 안으로 넘어갔다.

쑤욱!

"우욱!"

크게 헛구역질을 한 번 한 김호철이 허리를 폈다. 얼마나 헛구역질을 하고 용을 썼는지 어깨 쪽이 담이 온 것처럼 아프고 결렸다.

주르륵!

입가에 흐르는 침을 손으로 닦으려던 김호철의 얼굴이 굳어졌다. 갑자기 배 속에서 불이 난 것처럼 뜨거운 기운이 올라오기 시작한 것이다.

'크윽! 데스 나이트 마나…….'

배 속이 타들어 가는 것 같은 기운에 김호철이 배를 부여잡고는 주저앉았다. 그리고 김호철의 몸에서 새까만 기운이 불꽃처럼 흘러나오기 시작했다.

화아악! 화아악!

몸에서 흘러나오는 검은 기운과 함께 김호철을 감싸고 있던 갑옷이 함께 타들어 갔다.

화아악! 화아악!

그와 함께 김호철의 몸에서 솟구쳤던 검은 기운이 빠르게 그 몸으로 흡수되며 사라졌다.

화아악!

검은 기운이 사라지는 것과 함께 배 속에서 끓어오르던 불길이 사그라드는 것에 김호철이 안도의 한숨을 쉬며 몸을 일으켰다.

몸을 일으킨 김호철이 숨을 고르고는 입을 열었다.

"데스 나이트."

데스 나이트의 마나석을 먹었으니 자신의 몬스터가 어떻게 바뀌었는지 확인하려는 것이다.

파지직! 파지직!

김호철의 부름에 데스 나이트가 뇌전과 함께 모습을 드러냈다. 그런데 그 모습이 전과 비해 조금 바뀌었다.

전에는 푸른색의 갑옷을 입고 있었다면 지금은 칠흑과 같은 검은 갑옷에 푸른 뇌전을 두르고 있었다.

"색만 바뀐 건가?"

데스 나이트를 보던 김호철이 칼을 바라보았다. 칼의 갑옷에는 늑대 문양이 새겨져 있어 구분이 가능한 것이다.

"칼."

"칼 폰 루이스."

가슴에 주먹을 가져다 대며 자신의 이름을 말하는 칼을 보던 김호철이 다른 데스 나이트를 바라보았다.

"너도 말을 할 수 있나?"

김호철의 말에 어깨에 창 모양의 조각이 새겨져 있는 데스 나이트가 가슴에 주먹을 가져다 댔다.

"다니엘 폰 디스."

자신의 이름을 말하는 다니엘을 보던 김호철이 그 둘을 가만히 보다가 입을 열었다.

"너희는 어디서 온 거냐? 게이트 너머에 뭐가 있는 거지?"

김호철은 그것이 궁금했다. 아니, 이 의문은 게이트가 열리는 세상에 살고 있는 모든 지구인의 동일된 의문이었다.

그리고 김호철의 물음에 SG들이 놀란 얼굴로 데스 나이트들을 바라보았다.

데스 나이트들이 누군가의 소환물이라는 것도 놀랐지만 그들이 자신의 이름을 말하는 것은 더욱 놀랍다.

그리고 지금…… 그 데스 나이트의 주인이 그들에게 물음을 던진 것이다.

그들이 어디서 왔는지를 말이다.

어디에서 왔는지, 그리고 게이트 너머에 무엇이 있는지를 물은 김호철은 데스 나이트들의 답을 기다렸다. 하지만…… 그들이 한 답은 김호철이 조금은 예상을 한 것이었다.

“칼 폰 루이스.”

“다니엘 폰 디스.”

자신의 이름을 답이라고 내놓는 데스 나이트들의 모습에 김호철이 피식 웃었다.

조금은 예상을 한 답이었다.

“그래, 그나마 이름이라도 말하게 됐으니 그게 어디냐.”

데스 나이트들을 보며 중얼거린 김호철이 고개를 돌렸다. 그리고 자신을 보고 있는 SG들을 보고는 고개를 갸웃거렸다.

“아직 있었습니까?”

김호철의 말에 이철진이 앞으로 나서며 데스 나이트를 바라보았다.

"데스 나이트를 소환하는군요."

고개를 끄덕인 김호철이 주위를 둘러보았다. 몇 곳에서 총성이 들려오고 있었지만 폭음과 같은 커다란 소리는 들리지 않았다.

'몬스터를 대부분 제거한 모양이네.'

"김호철!"

주위를 둘러보던 김호철은 자신을 부르는 소리에 고개를 돌렸다. 김호철이 있는 강변으로 보트 한 대가 빠르게 다가오고 있었다.

"박 팀장님!"

김호철이 손을 흔들자 박천수가 배를 강변에 대고는 훌쩍 뛰었다.

철썩!

강물을 걸어 나온 박천수가 김호철과 함께 있는 SG를 힐끗 보고는 머리를 털어냈다.

"에잉! 이래서 내가 강에 오기 싫었는데."

박천수는 온몸이 물에 젖어 있었다. 보트를 타고 있었다 해도 몬스터들과 싸우는 와중에 물이 튀어 이리저리 젖은 모양이었다.

몸에 묻은 물기를 털어내던 박천수가 김호철 옆에 있는 데스 나이트들을 보고는 말했다.

"색이 좀 바뀌었네?"

"진화를 좀 했습니다."

"진화?"

의아해하는 박천수를 보던 김호철이 데스 나이트들을 바라보았다.

"이름."

"칼 폰 루이스."

"다니엘 폰 디스."

두 데스 나이트가 자신의 이름을 말하자 박천수가 놀란 듯 그들을 보다가 말했다.

"이제 말도 하는 거야?"

"아직은 이름밖에는 말을 하지 못합니다."

"그래도 데스 나이트가 하는 말이라고는 '죽는 거다!'밖에 없는데, 이름을 말하는 게 어디야."

말과 함께 칼들을 구경하던 박천수가 한쪽에 있는 SG들을 보고는 손을 흔들었다.

"이게 누구야. 이 대장 아닌가."

안면이 있는 듯 아는 척을 하는 박천수의 모습에 김호철이 그를 바라보았다.

"아시는 분입니까?"

"게이트 왔다 갔다 하다 보면 SG하고 인맥 쌓이는 것이야 당연한 거지."

웃으며 이철진에게 손을 흔들던 박천수가 김호철에게 살짝 말했다.

"게이트에서 서로 도움 주고받을 일이 많으니 어지간하면 SG하고 좋은 관계 유지하는 것이 좋아."

그러고는 박천수가 죽어 있는 데스 나이트를 보고는 다가갔다.

"네가 죽인 거냐?"

"네."

김호철의 말에 박천수가 데스 나이트 쪽으로 다가갈 때 이철진이 그에게 다가왔다.

"박 팀장님께서 오셨을 줄은 몰랐습니다."

"내가 시가지 쪽이 전문이기는 한데…… 돈 벌려면 일 가릴 처지인가."

웃으며 죽은 데스 나이트를 보던 박천수가 힐끗 김호철을 향해 고개를 돌렸다.

"이놈, 맨손이든?"

박천수의 말에 김호철이 고개를 저었다.

"검을 썼습니다. 거기 없습니까?"

김호철의 말에 이철진의 얼굴에 순간 난감함이 어렸다. 그런 이철진을 본 박천수가 웃으며 그를 바라보았다.

"주인 없는 물건도 아니고 떨어졌다고 다 주우면 되겠습니까."

박천수의 말에 이철진이 그를 보다가 말했다.

"김호철 씨가 관심이 없는 듯하여 따로 챙겨뒀을 뿐입니다. 가져와."

이철진의 말에 뒤에 있던 SG가 등 뒤에 숨겨 놓았던 데스나이트의 검을 슬며시 내밀었다.

그런 SG를 보며 박천수가 고개를 끄덕이고는 김호철에게 검을 내밀었다.

"지하 훈련장에 있는 몬스터 무구들 봤지."

"네."

"대부분 몬스터가 무기를 사용하지 않거나 써도 오크 놈들처럼 녹슨 식칼 가지고 다니는데 데스 나이트 놈들은 달라. 무기가 다 괜찮아. 특히 유럽 쪽 전사 계열 능력자들은 환장을 하지."

박천수가 건네는 검을 받아 든 김호철은 놀랐다.

'이런 것도 돈이 된다고?'

검을 잠시 보던 김호철이 검집에서 검을 뽑아 허공에 몇 번 휘둘러 보았다.

사악! 사악!

검에 대해 잘 모르는 김호철이 느끼기에도 검은 무척 좋아 보였다. 공기를 자르는 듯한 느낌이 들 정도로…….

검날을 보던 김호철이 문득 박천수에게 물었다.

"이런 건 얼마나?"

"비싸다는 것만 알지 나도 가격은 잘 몰라. 그런 무기 계열은 고윤희가 잘 아니까 사무소 가서 물어봐."

박천수의 말에 검을 보던 김호철이 쓰러져 있는 데스 나이트를 바라보았다.

"그럼 갑옷도?"

"돈이 되지."

갑옷도 돈이 된다는 말에 김호철이 데스 나이트에게 다가갔다. 그러고는 데스 나이트의 갑옷을 벗기기 시작했다.

"끄응!"

이리저리 데스 나이트 갑옷을 잡아당기는 김호철의 모습에 박천수가 한숨을 쉬며 메고 있던 가방에서 C급 마나석 하나를 꺼내 이철진에게 내밀었다.

"부탁 좀 합시다."

박천수의 말에 이철진이 마나석을 잠시 보다가 고개를 끄덕이고는 그것을 받았다.

"갑옷 벗겨줘라."

이철진의 말에 SG들이 데스 나이트에게 다가갔다. 그 모습에 뒤로 물러난 김호철이 박천수에게 살며시 말했다.

"제가 벗겨도 되는데 굳이 마나석을……."

자신이 해도 되는데 왜 돈을 쓰냐는 김호철의 말에 박천수가 고개를 저었다.

"중세 기사들이 얼마나 복잡한데 네가 벗겨? 잘못 벗기다 이음새라도 망가지면?"

박천수의 말을 들으니 옳았다. 판타지 소설을 봐도 기사들은 혼자 갑옷을 입지도 못하지 않던가.

"하긴……."

고개를 끄덕인 김호철이 SG들이 데스 나이트 갑옷을 해체하는 것을 바라보았다.

김호철과 함께 데스 나이트가 알몸이 되어가는 것을 보던 박천수가 문득 그를 바라보았다.

"저거 마나석은 챙겼어?"

"제가 먹었습니다."

"그래, 먹…… 응?"

잘못 들었나 싶어 김호철을 보던 박천수는 자신이 잘못 듣지 않았음을 알았다.

"진짜?"

"네."

김호철의 말에 박천수가 멍하니 그를 보다가 말했다.

"데스 나이트 마나석이 얼마인 줄 알고 그것을 먹어? 아니, 그 전에 마나석을 왜 먹……."

말을 하던 박천수가 힐끗 주위를 바라보았다. 이철진이 자신을 유심히 보고 있는 것을 본 박천수가 김호철을 바라보았다.

"이야기는 나중에 하도록 하자."

혹시나 김호철이 마나석을 먹는 것이 그 능력과 관계가 있을 수도 있다.

그렇다면 그 능력에 대한 것을 남이 들어서 좋을 것이 없는 것이다.

박천수와 김호철은 강물에 데스 나이트의 갑옷을 씻고 있었다. 데스 나이트. 말 그대로 죽은 기사가 착용하고 있던 것이라 그런지 땟국물과 핏자국이 닦아도 닦아도 계속 흘러나왔다.

"그래서 마나석을 먹어야 몬스터를 소환할 수 있다?"

데스 나이트 마나석을 먹은 이유를 간단하지만 약간 사실과 다른 이야기를 했다. 마나석을 먹어야 몬스터를 소환할 수 있다는…….

물론 완전한 거짓말은 아니다. 실제로 두 번째 소환을 할 때부터는 소환 몬스터의 마나석을 먹지 않으면 소환을 할 수 없으니 말이다.

하지만 박천수는 그것을 다르게 받아들였다. 몬스터를 소환하는 데 횟수 제한이 있고, 그 횟수를 늘리려면 해당 몬스터의 마나석을 먹어야 한다는 것으로…….

"그렇습니다."

"헐…… 데스 나이트 사용하려면 데스 나이트 마나석이 필요하다라……. 돈 잡아먹는 귀신이 따로 없구만."

"그만큼 또 벌면 되지 않겠습니까?"

"그건 그렇지."

고개를 저은 박천수가 자신의 가방을 바라보았다.

'나도 몇 개 먹어볼까?'

혹시 마나석을 먹고 자신도 몬스터를 소환할 수 있을까 하는 생각이 드는 것이다.

김호철은 자신의 통장에 찍혀 있는 금액을 웃으며 보고 있었다.

"그렇게 좋아요?"

마리아의 말에 김호철이 고개를 끄덕였다.

"액수가 상당하군요."

김호철의 말대로 그의 통장에는 37억이라는 어마어마한 액수가 입금되어 있었다.

“소양강에서 얻은 마나석 개수가 상당하니까요. 거기에 데스 나이트 갑옷하고 검 판매 대금도 있고.”

마리아의 말에 고윤희가 고개를 끄덕이고는 김호철을 바라보았다.

“내 덕에 비싸게 판 거니까. 나중에 한턱 쏴!”

“알겠습니다.”

통장을 보며 연신 웃고 있는 김호철을 보던 박천수가 마리아를 바라보았다.

“일본 놈들에 대해서 협회에서 연락 온 것 없어?”

박천수의 말에 김호철도 마리아를 바라보았다. 그런 둘의 시선에 마리아가 고개를 저었다.

“아직은 없어요.”

김호철이 전에 일본 놈을 만나기는 했지만 능력 협회와 SG로서는 한국 내 능력자 범죄가 발생했으니 그것을 조사할 의무가 있는 것이다.

“쳇! 협회라는 놈들 하는 일이 대체 뭐야. 자국 능력자가 타국 능력자한테 그것도 일본 놈들한테 뒤지게 얻어맞았으면 두 발 벗고…….”

딸랑!

말을 하던 박천수는 방울 소리가 들리는 것에 고개를 돌렸다.

"호랑이도 제 말 하면 온다더니."

박천수의 중얼거림에 김호철이 뒤를 돌아보았다. 수정 카페 안으로 조한석이 두 명의 사내와 함께 들어오고 있었다.

조한석은 평소 입는 한복 같은 것이 아닌 검은 정장을 입고 있었다. 박천수의 중얼거림을 들었는지 조한석이 웃으며 다가왔다.

"저희 이야기를 하고 계셨습니까?"

"뭐 그런 셈이지. 일본 놈들에 대한 조사는 어떻게 되었어?"

박천수의 말에 김호철이 급히 조한석에게 다가갔다.

"일본 놈들, 찾으셨습니까?"

두 사람의 말에 조한석이 고개를 저었다.

"협회에서 사건 현장을 조사해 그자들의 모습을 읽어내려고 했는데…… 읽어낼 수가 없었습니다."

능력자 중에는 사물을 만져 그 기억을 읽어내는 이들이 있다. 일명 사이코메트리라 불리는 능력인데 협회에서 그들을 이규대 사무실로 보내 조사를 한 것이다.

"사고 치러 한국에 온 놈들인데 그 정도 준비도 안 했을까. 그리고 사이코메트리 능력을 피하는 것은 쉽잖아."

"그건 그렇습니다."

"쳇! 협회 회비는 꼬박꼬박 걷어가면서 하는 일이 대체 뭐야."

박천수의 투덜거림에 조한석이 입맛을 다시고는 김호철을 바라보았다.

"오늘 온 이유는 김호철 씨에게 의뢰를 하러 왔습니다."

"의뢰라면 저에게 연락을 하시면 될 일인데 굳이 왜 협회에서 사람을 직접 보낸 건가요?"

마리아의 말에 조한석이 그녀를 보다가 김호철을 향해 고개를 돌렸다.

"단둘이 이야기를 할 수 있겠습니까?"

조한석의 말에 김호철이 그를 보다가 고개를 저었다.

"저는 행복 사무소 사람입니다. 할 말이 있으면 여기서 하십시오."

김호철의 말에 박천수가 웃었다.

"크악! 우리 호철이 의리 있어. 암 의리 있고말고."

그러고는 박천수가 조한석을 바라보았다.

"뭔 일인지 몰라도 의뢰할 것이 있으면 여기서 늘어놓지그래. 괜히 우리 막둥이 이상한 일에 꿰지 말고."

박천수의 말에 잠시 말이 없던 조한석이 고개를 끄덕였다.

"게이트 탐사 의뢰입니다."

조한석의 말에 박천수가 먹던 숟가락을 그대로 집어 던

졌다.

파앗!

고개를 살짝 돌리는 것만으로 숟가락을 피한 조한석의 얼굴이 굳어졌다. 숟가락이 위협적이어서가 아니다. 밥 먹던 숟가락을 던진 것이 기분이 나쁜 것이다. 그것도 밥풀과 노란 카레가 묻어 있는…….

그런 조한석을 보며 박천수가 웃었다.

"조 선비…… 미친 건가?"

"아닙니다."

"그럼 싸우자는 건가?"

박천수의 말에 김호철이 말했다.

"무슨 일인데 그러십니까?"

김호철의 물음에 박천수가 혀를 찼다.

"너 보고 죽으러 가라는데. 너 죽으러 갈래?"

박천수의 말에 김호철이 눈을 찡그리며 조한석을 바라보았다.

"위험한 의뢰입니까?"

"저희 계산으로는 그리 위험한 의뢰가 아닙니다."

조한석의 말에 박천수가 웃었다.

"먹어도 되는 떡이 있고 먹으면 탈이 나는 떡이 있다."

"일단 이야기는 들어보겠습니다."

김호철의 말에 박천수가 마음에 안 든다는 듯 조한석을 보다가 말했다.

"옆에서 듣고 있을 거야."

박천수의 말에 조한석이 고개를 끄덕이고는 김호철을 바라보았다.

"게이트에 대해 아십니까?"

"뉴스에서 본 것 정도는 알고 있습니다."

"그럼 일반인들이 아는 대로 게이트가 마나가 모여서 열린다는 것과 열리면 몬스터가 나타난다는 것만 아시겠군요."

"능력자가 아는 것은 다른 겁니까?"

"몇 가지가 있습니다."

말과 함께 조한석이 바 위에 놓인 설탕 잔과 우유 잔을 가리켰다.

"설탕이 지구, 우유잔을 몬스터가 오는 곳이라 가정을 하겠습니다."

메뉴판을 든 조한석이 잔들 사이에 그것을 세웠다.

"원래는 이렇게 칸이 쳐져 있어서 양쪽은 서로를 볼 수도 없고 왕래를 할 수도 없습니다. 하지만 이십 년 전 태양 흑점 폭발로 이 칸이 약해졌습니다. 그래서 가끔 이렇게……."

조한석이 메뉴판을 들었다.

"잔들 사이가 열리게 되었습니다. 이것을 게이트라고 하지요. 그리고…….”

메뉴판을 내려놓은 조한석이 우유 잔과 설탕 잔의 위치를 바꿨다.

“게이트가 열리면 몬스터가 지구에 나타나고 지구의 것은 이 다른 차원으로 이동을 합니다.”

“지구의 것이 다른 차원으로 옮겨진다는 겁니까?”

이런 내용은 뉴스에서 들은 적이 없다.

“일반인에게 공개는 하지 않지만 게이트가 열리면 그 지역의 일부가 사라집니다. 대외적으로는 몬스터에게 파괴되었다고 알려진 건물이나 지형이 바로 그것입니다.”

to be continued

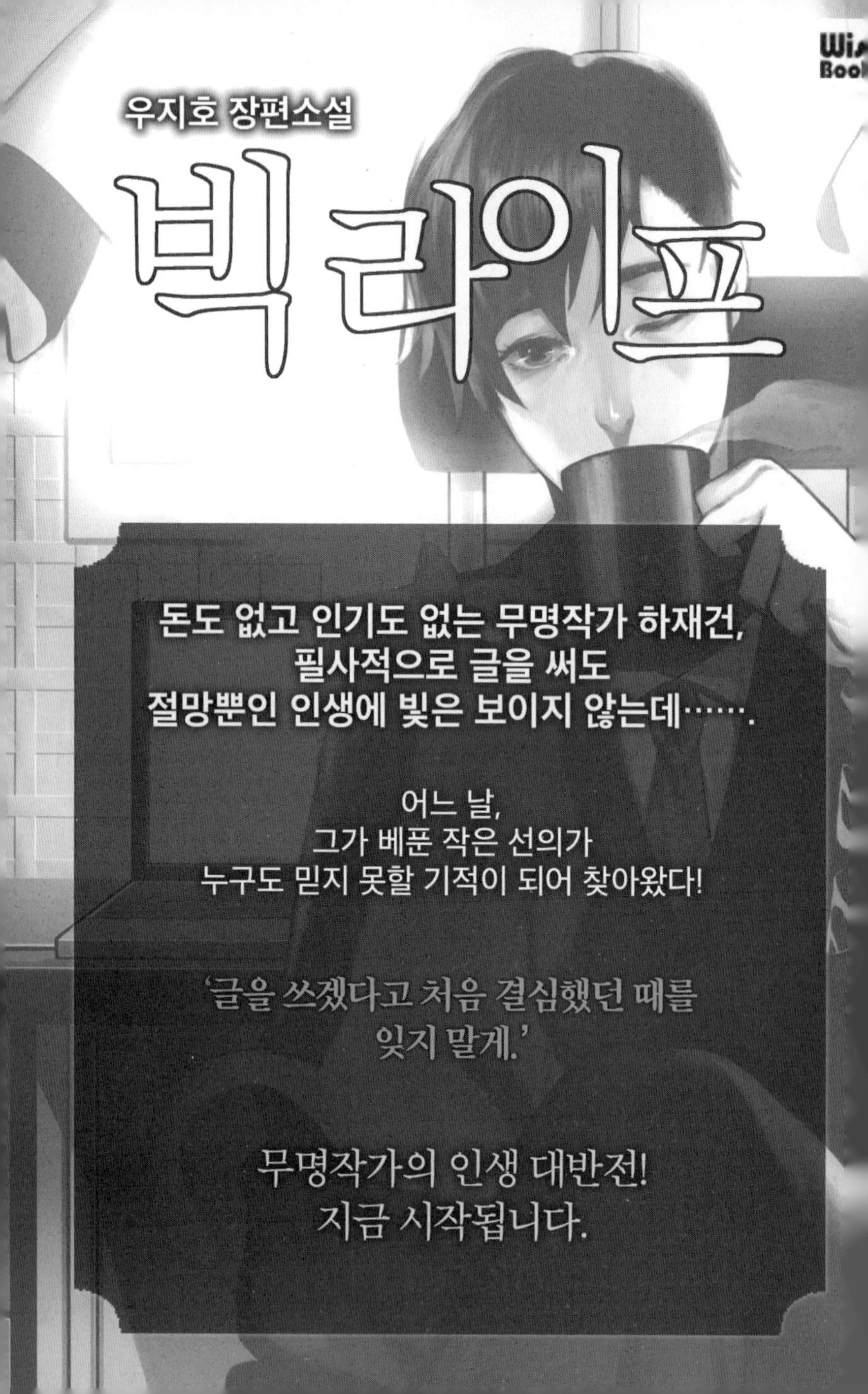
우지호 장편소설
빅라이프
돈도 없고 인기도 없는 무명작가 하재건,
필사적으로 글을 써도
절망뿐인 인생에 빛은 보이지 않는데…….
어느 날,
그가 베푼 작은 선의가
누구도 믿지 못할 기적이 되어 찾아왔다!
'글을 쓰겠다고 처음 결심했던 때를
잊지 말게.'
무명작가의 인생 대반전!
지금 시작됩니다.